이계
마왕성
CASTLE OF
ANOTHER WORLD

이계마왕성 4

강한이 장편 소설

초판 1쇄 찍은 날 § 2012년 10월 16일
초판 1쇄 펴낸 날 § 2012년 10월 22일

지은이 § 강한이
펴낸이 § 서경석

편집부장 § 권태완
편집책임 § 어정원

펴낸곳 § 도서출판 청어람
등록번호 § 제1081-1-89호
등록일자 § 1999. 5. 31
어람번호 § 제1-1468호

주소 § 경기도 부천시 원미구 심곡2동 163-2 서경B/D 3F (우) 420-822
전화 § 032-656-4452 팩스 § 032-656-4453
http://www.chungeoram.com
E-mail § chungeorambook@daum.net

ⓒ 강한이, 2012

ISBN 978-89-251-3030-9 04810
ISBN 978-89-251-2913-6 (세트)

※ 파본은 구입하신 서점에서 교환하여 드립니다.
※ 저자와 협의하여 인지를 붙이지 않습니다.
※ 이 책은 도서출판 청어람과 저작자의 계약에 의해 출판된 것이므로,
  무단 전재 및 유포·공유를 금합니다.

CASTLE OF ANOTHER WORLD

FUSION FANTASTIC STORY

강한이 장편 소설

이계
마왕성

목 차

1장 연호제 … 7

2장 공부 … 37

3장 사죄 … 71

4장 회복 … 115

5장 이채빈 VS 연호제 … 145

6장 성과 … 185

7장 공손채 … 231

8장 선택의 장 … 267

화보부록 … 293

제1장

연호제

이계
마왕성

〈현 마왕성 개발 현황:개요〉

—마왕성 (Lu.4)

—던전관리소 (Lu.3)

—공작소 (Lu.1)

—의뢰소 (Lu.1)

—정령계약소 (Lu.1)

—속성학습실 (Lu.1)

〈한국—서울대공원(동물원)〉

─지역:요새
─유형:유한 던전
─진입조건:240시간 간격으로 재진입 가능
─난이도:☆☆(1구역), ☆☆☆(2구역)
─획득가능 보상:테스타코인, 도른코인, 3서클 마나의 정수, 2서클 마법서적 전반, 장비 레시피
─몬스터 정보:없음
─추가 정보:동물 300마리 해방, 우리 30곳 해체
─공략 횟수:없음

 그는 무표정한 얼굴로 눈앞에 떠오른 던전 정보를 바라보고 있었다.
 한국의 서울대공원이라……. 이제 막 공략한 국회의사당과 같은 지역이었다.
 앞서 공략한 국회의사당에서는 큰 어려움이 없었다. 던전의 인간 몬스터들의 무기는 제법 위력적이었지만 그것뿐, 신체능력은 허약하기 짝이 없었다. 덕분에 각개격파를 하고 간단히 시설을 폭파시킨 다음 귀환할 수 있었다. 그가 지금까지 공략해온 던전들 중 가장 수월하다고 말할 수 있을 정도였다. 아마 새로이 열린 이 던전도 크게 어려울 일은 없을 것이다. 게다가 친절하게도 추가정보까지 나와 있다.

그럼에도 불구하고 그는 일단 다음 휴일까지 진입을 보류하고 돌아섰다. 던전 공략에 시간이 얼마나 소요될 지 알 수 없었다. 국회의사당 던전 공략에도 예상했던 것 이상의 시간이 지체되었다. 마왕성도 좋지만 현실의 일도 지금의 그에겐 더없이 중요했다.

공간의 은은한 불빛이 던전 관리소에서 나온 그를 에워쌌다. 그는 두 망루 사이의 내리닫이 창살문을 통과해 자신의 Lv.4 마왕성 안으로 들어섰다.

침대에 앉으면서 그가 하나로 묶었던 머리의 끈을 풀었다. 사자의 갈기처럼 제멋대로 뻗은 장발이 어깨 위로 흘러내렸다. 가느다란 목덜미와 가냘픈 쇄골, 그리고 두 눈과 콧잔등까지 검은 머리칼 속으로 파묻혔다.

머리를 푼 그는 손을 올려 흑의를 끌어내렸다. 옷이 허리춤까지 내려가면서 동그란 두 어깨와 잘록한 허리가 드러났다. 새하얀 붕대가 겨드랑이 사이를 통과해 그의 가슴 부위를 칭칭 동여매고 있었다.

"후읍."

가슴 가득 공기를 들이마시자 두 어깨가 들썩였다. 새하얀 등골과 오른쪽 허리춤의 주먹만 한 흉터도 함께 실룩이고 있었다. 가득 들이마신 숨을 멈춘 채로 그는 가슴을 묶은 붕대를 보다 강하게 동여맸다. 그런 다음 손으로 앞가슴을 두어 번 두드려 확인하고는 양 어깨를 들썩여 웃옷을 걸치며 일어섰다.

 층계를 밟아 마왕성을 품고 있는 암굴을 빠져나오자 천화지 대륙의 찬란한 햇빛이 한꺼번에 그에게 쏟아졌다. 그의 두 눈이 가늘어지면서 왼쪽 눈가의 눈물점이 파르르 떨렸다.

 날렵한 코끝을 찡그리며 고집스런 인상으로 입을 앙다문 채 그는 태양의 위치를 가늠했다. 이제 막 정오가 지날 즈음이었다. 조장에게는 욕깨나 듣겠지만 오늘의 주요 일정에는 문제가 없으리라.

 암굴을 등지고 돌아 나온 그는 언제나처럼 가장 먼저 수풀을 헤치고 바깥부터 살폈다. 오늘도 역시 근방엔 벌레 하나 없었다. 그도 그럴 것이 이곳은 빈민들이 주로 묻히는 묘지의 한구석이었다. 오늘처럼 더운 날씨엔 시체 썩는 내가 사방에 진동하기까지 해서 누구 하나 접근하길 꺼리는 장소였다.

 그에게는 묘지에 마왕성이 숨겨져 있다는 사실이 다행스럽기만 했다. 마왕성은 지금 그의 인생에 있어 전부라고도 할 수 있는 소중한 존재였다. 마왕성이 있기 때문에 살아갈 희망을 품을 수 있는 그였다.

이곳은 천화지.

대륙의 동부에 자리한 동황성(東皇城)의 인근이었다.

약 150년 전 대운하를 끼고 연안에 세워진 동황성은 금세 천화지 대륙 전체를 통틀어 세 손가락에 꼽히는 교통의 요충지가 되었다. 활발한 교역과 거래는 상업의 발달을 필연적으로 불러왔고, 이에 돈 냄새를 맡은 온갖 종류의 사람들이 동황성으로 흘러와 정착하게 되었다. 덕분에 성의 안팎은 물론 포구와 그 주위의 방대한 지역에 이르기까지 1년 365일 발 디딜 틈이 없을 정도로 대성황이었다.

그는 이제까지 그래왔듯 묘지의 정문 대신 뒤쪽 삼림으로 걸음을 향했다. 삼림에는 오랜 세월 동안 약초꾼들이 오가면서 다져 놓은 희미한 길이 숨어 있었다. 이 길은 동황포구 밑의 작은 마을 신목촌(神木村)으로 이어지고, 신목촌의 외곽을 조금만 거슬러 올라가면 그가 몸담고 있는 동황루(東皇樓)가 있다.

삼림 내부를 달리던 그의 두 발이 신목촌 근방에서부터 속도를 줄였다. 일정이 급했지만 태연스레 걸었다. 30여 가구밖에 안 되는 작은 규모의 마을이라고는 해도 삼림을 통해 묘지를 뛰어 오가는 수상한 모습을 노출시키고 싶지는 않았다.

신목촌 너머 대운하를 등지고 드높이 선 붉은 오층탑이 그의 두 눈 속에 커져 오고 있었다. 그가 일하고 있는 장소이면서 포구에서 제일가는 유흥장인 동황루였다. 200여 칸에 달하는 객실과 도박장, 그리고 온갖 미녀들이 즐비한 기루까지 겸비하고 있어 항시 손님들로 만원을 이루고 있었다.

그는 후문을 통과해 내원으로 들어섰다. 회랑을 지나 그가 향하고 있는 곳은 도박장의 관리소였다. 그의 역할은 동황루 내 도박장을 찾은 손님들의 잔심부름을 겸한 파발꾼이었다. 자신의 비밀스런 목적을 위해 이곳에 들어와 일한 지 어언 6개월이 넘어가고 있었다.

"연호제(燕虎帝)!"

그가 들어오자마자 허름한 탁자 앞에 웅크리고 앉아 있던 남자가 돌아보며 소리쳐 불렀다.

이, 이렇게 늦게 오면 어떡해? 허, 허 형님께서 엄청 화가 나, 나셨어."

더듬거리며 말을 늘어놓는 그의 이름은 곽동. 둔중한 체격에 어수룩한 인상을 가진 20대 후반의 사내였다. 양손에는 각각 조각칼과 도박에 쓰는 아패(牙牌)를 쥐고 있었다.

연호제는 아무런 대답이 없었다.

곽동은 연호제가 벙어리라는 사실을 알고 있기 때문에 평소처럼 신경을 쓰지 않고 더듬더듬 말을 계속했다.

"저, 전표가 엄청 들어와, 왔어! 맹가장 사, 사람들이랑 궁에서 관인들까지 도박장에 모, 몰려와서 엄청 바, 바빠! 분위기 안 좋으니까 알아서 모, 몸 사려야 돼!"

연호제는 곽동이 가리킨 자신의 탁자로 가 쌓인 전표들과 서신들을 추슬렀다. 하나로 묶은 다발을 챙겨 품속에 갈무리하고 돌아서려는 참이었다. 발소리가 가까워지면서 험악한 인상의 사내가 관리소로 들이닥쳤다. 연호제와 곽동을 비롯해 10여 명의 점원을 관리하는 조장 허환이었다.

"너 이 자식!"

철썩!

사내가 대뜸 연호제의 뺨을 후려갈겼다. 연호제의 고개가 홱 꺾이면서 입술이 터졌다. 흐르는 핏물을 손가락으로 훔치는 그에게 사내가 침을 튀기며 소리쳤다.

"일과 중에 어딜 쏘다니는 거냐! 도박장에 돈이 안 돌아서 난리가 났다! 내가 그 소란을 무마시키느라고 얼마나 진땀을 뺐는 줄 알기나 해! 쥐뿔도 없는 거렁뱅이 벙어리 새끼가 내 체면에 먹칠을 하다니!"

"차, 참으세요. 허 형님, 아직 겨, 경험이 미숙한 녀석이니……."

"얼간이는 주둥이 놀리지 말고 빠져!"

퍽!

"으익!"

허환이 곽동을 발로 걷어찼다.

배를 맞은 곽동이 중심을 잡지 못하고 옆으로 쿵 쓰러졌다.

허환은 쓰러진 곽동과 눈앞의 연호제를 번갈아 바라보며 폭언을 멈추지 않았다.

"내가 어쩌다 이런 똥물에 튀겨 죽일 쓰레기들을 관리하게 되었을까! 제 이름도 쓸 줄 모르는 바보 자식에, 또 한 놈은 틈만 나면 나다니는 벙어리 새끼라니! 에에이, 쌍!"

걸쭉하게 침까지 뱉고 난 허환은 험상궂은 눈빛으로 연호제를 쏘아보았다. 연호제는 꺾였던 고개를 거둔 채 가만히 서 있었다. 무심한 그의 표정이 허환의 울화를 더욱 돋웠다.

"계집애처럼 생긴 그 낯짝이나 팔아먹고 사는 건 어때? 벙어리라도 그 정도 반반한 얼굴이면 신목촌 과부들 환장할 거야. 나 좀 그만 괴롭히고 딴 데로 꺼져! 여편네들 뱃살에 얼굴이나 처박고 살라구! 에이, 쌍!"

콰앙!

허환이 부서져라 문을 걷어차 열고는 관리소를 나갔다. 그제야 곽동이 굼벵이처럼 웅크리고 있던 몸을 펴고 주춤주춤 일어섰다.

"괘, 괜찮아?"

곽동이 터진 입술로 손을 내밀었다. 연호제는 손길을 피해 몸을 빙글 돌렸다. 곽동은 뻗었던 손을 멋쩍은 듯이 거두어 까치집 같은 제 머리를 긁적였다.

"그, 그러게 왜 지각을 해서 허 형님 화를 도, 돋워? 너는 생긴 것도 얄밉게 새, 생겨서 남들보다 열심히 일해야 중간이라도 간다고 내가 매, 매번 말해줬잖아. 몸도 젓가락처럼 허, 허약해 갖고는 정말 어디 한 번 크게 다, 다치려고……."

귀에 못이 박히도록 들어온 곽동의 어설픈 훈계가 시작되고 있었다. 항상 그래왔듯이 연호제는 한 귀로 흘릴 뿐이었지만.

"조, 조심해서 다, 다녀와. 딴 데로 또 새, 새지 말고. 점심 챙겨 노, 놓을 테니깐 식당으로 가지 말고 바, 바로 와."

연호제는 곽동의 목소리를 뒤로하고 관리소를 나와 마구간으로 향했다. 혀로는 허환에게 맞아서 터진 입술 끝을 핥고 있었다.

마음만 먹으면 손가락 하나로도 충분히 죽일 수 있었다. 그저 그럴 수 없을 뿐이었다. 허환을 죽이면 동황루에서 몸을 피해야 할 테고 계획 또한 엉망진창이 될 것이다.

연호제는 시간을 가늠하며 부지런히 말을 달렸다. 전장까지는 약 10여 분이 소요된다. 하지만 그는 포구 앞의 신작로에서 전장과는 반대로 방향을 틀었다.

그의 말머리는 20여 분 거리의 운호(雲湖)를 향해 치닫고 있었다. 그곳에서 사공 노릇을 하고 있는 누군가를 만나기 위해서였다.

운호의 자태는 가히 장관이었다.
각양각색의 정자와 누각이 놓인 호숫가는 만개한 꽃들로 둘러싸여 있었다. 훈풍에 몸을 실은 꽃잎이 눈앞에서 하늘거리고, 호수 너머로는 천하절색의 구릉이 병풍처럼 펼쳐져 있었다. 빼곡하게 들어찬 호수의 수많은 객들은 저마다 술에 취해 풍류를 즐기느라 여념이 없었다.
"지랄 염병들 하고 자빠졌군."
이토록 천국과 같은 곳에서도 불만을 표하는 사람이 있었다. 호숫가에 댄 낡은 나룻배에 드러누워 하늘을 향해 연신 욕설을 퍼붓는 이 중년의 사공이 그랬다. 온종일 손님을 구하지 못해 끼니도 거른 상황이었다.
"아우, 쑤셔."
사공이 손을 들어 움푹 꺼진 자신의 콧등을 매만졌다. 6년 전에 입은 상처였지만 아직도 비가 오거나 심기가 불편할 때면 못 견디게 쑤셔오곤 했다.
"한 바퀴 돌고 싶습니다만."
불현듯 지척에서 나지막한 목소리가 들려왔다. 사공이 화들짝 몸을 일으켰다. 반나절 만에 겨우 얻은 귀중한 손님이라는 생각에 반가움이 밀려왔다.

'으응?'

일어선 사공의 입가에서 웃음이 지워졌다. 산발한 머리에 낡아빠진 흑의를 입은 손님이 가죽 보따리를 한 손에 들고 눈앞에 서 있었다. 사공은 의심스런 기색으로 헛기침을 섞어가며 물었다.

"뱃삯이나 있소?"

산발의 손님이 바로 돈을 꺼내 내밀었다. 돈을 보자 사공은 금세 두 눈을 휘둥그레 뜨고 두 손을 싹싹 비벼가며 너스레를 떨었다.

"헤헤, 어서 타십시오. 나룻배 위에서 보는 운호의 장관은 이루 말할 수 없습죠. 네네."

산발의 손님이 배에 올랐다. 사공은 말뚝에 묶었던 끈을 풀고 노를 젓기 시작했다. 배가 조용히 수면을 가르며 호수의 중앙으로 나아갔다. 산발의 손님은 배에 쪼그려 앉아 길게 이어지는 물길을 가만히 내려다보고 있었다.

손님은 다름 아닌 연호제였다.

전장으로 환전하러 가기 전에 이곳에 먼저 들른 참이었다. 더불어 지금 탄 나룻배의 사공과는 오래전에 만난 적이 있는 사이였다. 다만 사공은 연호제가 누구인지 전혀 알아보지 못하고 있을 뿐이었다.

"배가 많이 뜨지는 않았군요."

연호제가 혼잣말을 하듯 중얼거렸다.

사공이 노를 저으며 고개를 끄덕였다.

"아무래도 식사를 할 시간이니까 말입니다. 잠시 후면 하나둘씩 밀려들 겁니다."

연호제가 호수의 중앙을 손가락으로 가리켰다.

"외곽을 빙 도는 것보다 호수 가운데로 가보고 싶습니다만. 거기서부터는 잠시 흘러가는 대로 놔두고 배를 베개 삼아 하늘이나 좀 볼 수 있겠습니까."

"뭐, 어려울 것이 있겠습니까. 그렇게 하지요."

사공의 두 팔이 힘차게 수면을 갈랐다. 가뜩이나 허기가 져서 힘들었는데 노를 덜 젓게 되었으니 좋은 일 아닌가.

배는 금세 운호의 한가운데에 도달했다.

희뿌연 안개 속에서 보이는 사방이 방향을 판별하기 어려울 정도로 흐릿했다. 나룻배를 타고 떠나왔던 호숫가가 어디인지도 알 수 없었다.

연호제가 두 손을 베개 삼아 드러누우며 중얼거렸다.

"도원경이 따로 없구나……."

"헤헤, 그렇고 말구요. 동황성 최고의 절경이지요."

"막내가 봤다면 정말 좋아했을 텐데."

"아니, 왜 모셔오지 않고요?"

"죽었습니다."

"이런, 쓸데없는 질문으로 결례를 범했습니다."

잠시 어색한 침묵이 흘렀다.

적어도 사공은 그렇게 느끼고 있었다.

화제를 바꾸려 고민하던 사공은 연호제의 가죽 보따리를 보며 말을 돌렸다.

"보따리가 두툼한데 뭐 중요한 물건이라도 들었나 봅니다?"

연호제가 고개를 힘차게 끄덕였다.

"제가 만나려는 자의 오랜 벗입니다."

사공은 연호제의 말이 조금 이상하다고 느꼈다. 하지만 본디 깊게 생각하지 않는 성미였기에 이내 생각없이 낄낄거리며 나오는 대로 말을 늘어놓았다.

"헤헤, 오랜 벗이라니 재미있는 표현이군요. 혹시 무슨 희귀한 동물입니까? 대체 무엇인지 저까지 궁금해지는군요."

연호제가 뒷머리를 받치고 있던 두 팔을 빼고 몸을 일으켰다.

"궁금하시다면 보여드리지요."

말과 함께 연호제가 다짜고짜 보따리의 입구를 묶은 끈을 풀기 시작했다. 사공은 의아한 시선으로 그 광경을 내려다보고 있었다. 이윽고 끈이 완전히 풀리자 연호제는 사공 앞에서 보따리를 활짝 펼쳤다.
"히이이이이익!"
사공이 비명을 지르며 엉덩방아를 찧었다.
나룻배가 크게 들썩이면서 양옆으로 물보라가 튀었다.
"이, 이, 이, 이… 이게 뭐요!"
보따리 속에서 나온 것은 사람의 두개골이었다. 검붉게 말라붙은 피가 곳곳에 말라붙어 있었다. 연호제는 두개골을 들어 보이며 음습하기 그지없는 목소리로 말했다.
"뼈밖에 없어서 못 알아보는 건가. 이자의 이름은 조무상, 당신의 오랜 벗이지."
"무, 무, 무, 무슨 소릴! 나, 나는 몰라!"
"모를 턱이 있을까, 구아호. 오래 두고 사귄 벗이잖아, 함께 아녀자를 윤간하고 일가족을 몰살시키기까지 했던."
"시, 시끄러워! 난 몰라!"
뱃사공 구아호는 사색이 되어 벌떡 일어섰다.
그는 다가온 위험을 직감한 참이었다. 눈앞의 손님이 누구인지 정체를 알 길은 없었지만 한평생을 밑바닥에서 굴러왔던 그의 본능이 엄청난 위험을 예고하고 있었다.
'도, 도망쳐야 돼!'
헤엄쳐서 벗어날 수밖에 도리가 없었다. 그러나 구아호가 뱃머리를 밟고 뛰어내리려는 순간, 한 발 먼저 연호제가 손가락을 튕겼다.

픽! 픽!

"끄헉!"

두 줄기의 날카로운 탄지공이 구아호에게로 날아가 꽂혔다.

구아호가 숨넘어가는 소리를 내며 무너지듯 주저앉았다.

다시 일어서려 했지만 두 다리는 완전히 마비되어 전혀 움직이질 않았다.

"끄으으으……. 사, 사람 살려……!"

차선으로 소리를 지르려 했으나 목소리마저 제대로 나와 주질 않았다. 지금 그가 낼 수 있는 최대 크기의 목소리는 코앞의 연호제에게만 겨우 들릴 정도의 수준이었다.

"네, 네놈은 대체 누구냐……!"

구아호가 노를 무기 삼아 두 손에 잡고 물었다.

연호제가 가만히 구아호의 코끝을 가리키며 대답했다.

"당신의 코를 그렇게 만든 게 나야."

"뭐, 뭐라고?"

구아호는 새파랗게 질려 두 손에 들었던 노를 놓쳐 버렸다.

머릿속에서는 6년 전 깊은 밤의 풍경이 뇌리에 선명하게 되살아나고 있었다.

그날 밤, 구아호의 정보를 얻어 몰려온 패거리들은 한 일가의 사람들을 끔찍하게 살해했던 것이다.

구아호는 그 일가의 하인이었다. 그는 숨어 지내고 있던 주인을 팔아먹은 걸로도 모자라 그 패거리에 합세했다. 기어이 평소 흑심을 품고 있었던 일가의 큰딸을 윤간하고 칼로 찔러 죽이기까지 했다.

"내, 내 코를 이렇게 만든 게 너라고? 그럼… 거, 거짓말이야! 생존자가 있을 리 없어! 공손가 사람들은 그날 밤에 모조리 죽었다고! 거짓말이야!"

구아호는 밀려오는 공포만큼 거칠게 침을 튀기며 거듭 외치고 있었다. 점혈을 당한 탓에 자신의 두 귀에도 제대로 들리지 않을 만큼 소리는 작았다.

"똑바로 봐."

잠자코 앉아 있던 연호제가 산발한 머리를 뒤로 활짝 넘겼다. 구아호는 두려움에 찌든 눈으로 환히 드러난 연호제의 얼굴을 뜯어보았다. 공허하고 무심한 두 눈, 날렵한 콧날, 왼쪽 눈 밑의 점, 그리고 고집스레 다문 입술까지……. 연호제의 모든 부분을 뜯어본 구아호는 졸도할 지경이 되어 입을 찢어져라 벌리고 말았다.

"고, 공손채……! 아니, 아, 아가씨!"

기어코 구아호의 입에서 탄식처럼 흘러나오는 이름.

하지만 연호제는 즉석에서 고개를 천천히 가로저었다.

"그 이름은 이제 세상에 없어."

"죄, 죄송합니다… 아가씨……! 소인이 그만 돈에 눈이 멀었습니다……! 소인은 그저……!"

구아호가 눈물을 흩뿌리며 구차하게 애원했다.

연호제가 조용히 말을 이었다.

"아가씨라고? 지금 나에게 아가씨라고 한 거야?"

"자, 잘못했습니다! 제발, 제발 염치는 없지만 용서해 주십시오! 사실 저는 그 일을 반대했습니다만 협박을 당하는 바람에……. 크억!"

구아호의 두 눈이 까뒤집혔다.

연호제가 손가락을 튕겨 또 한 차례 탄지공을 날린 참이었다. 이제 구아호는 목 아래로 신체의 모든 부위를 움직일 수 없게 되었다.

연호제가 발치의 두개골을 툭툭 치며 말을 이었다.

"오늘까지 14명에게 복수했어. 아직 당신과 이 친구를 제외하고도 5명이 같은 하늘 아래 사지 멀쩡히 살아 있어. 우리 가족을 몰살시킨 그 사람들 말이야."

"끄으으……. 채 아가씨……."

"이제 나는 꽤 많은 것을 알고 있어. 우리 가족을 몰살시킨 놈들의 정체를 이제 당신만큼은 알고 있어."

연호제는 두개골을 도로 가죽 보따리에 집어넣고는 동황

루가 자리하고 있을 등 너머를 가리켰다.

"동황루는 오가장의 소유였어. 그리고 당신은 조현이나 위요의 뒤치다꺼리를 하면서 연명하고 있는 거지. 당신을 포함해 꽤 많은 자들이 연고없는 시신들을 묘지에 매장시키고 있잖아. 그것은 오가장의 권력에 맞선… 말하자면 내 가족과 같은 자들의 시체……. 그렇지?"

"으으으으……. 아가씨……!"

"나는 지금 동황루의 도박장에서 파발꾼으로 일하고 있어. 남은 5명을 죽이려면 아직 정보가 더 필요해. 무슨 말인지 알겠어? 당신의 비루한 목숨을 연장할 수 있는 마지막 기회야."

구아호가 미친 듯이 고개를 끄덕였다.

"아는 것은 전부 마, 말씀드리겠습니다! 동황루의 책임자는 조현(趙炫)입니다."

"그 정도는 나도 알고 있어. 사성천자(四星天子)와 육나찰(六羅刹)은? 그들의 본거지는?"

"모, 모릅니다! 저 같은 조무래기가 어찌 그런 것까지 알겠습니까? 정말 모릅니다!"

"얘기는 끝."

연호제가 한숨을 내쉬고는 나룻배 곳곳을 기웃거렸다.

배 위에는 구아호가 마시고 팽개친 빈 술병들만 나뒹굴고 있었다. 무엇인가를 찾는 듯한 연호제의 눈짓은 지금의 구아호에게 더없는 공포를 선사하고 있었다.

"아가씨……. 뭐, 뭘 찾으시는지요?"

"아, 거기 좋은 게 있었네."

구아호의 복부를 바라보며 연호제가 입술을 달싹였다.

바로 다음 순간.

쉬이이익!

연호제의 손날이 횡으로 눈앞을 길게 그었다. 동시에 구아호는 배에서 격렬한 뜨거움을 느끼며 아무도 듣지 못하는 절규를 토해냈다.

"캬아아아악……!"

갈라진 구아호의 복부에서 핏물이 솟구치고 있었다.

연호제가 쾌속하게 탄지공을 날렸다. 봇물 터지듯 쏟아져 나오던 핏물이 금세 멎어들었다.

"지혈했어. 바로 죽지는 않아."

"하악! 학! 학! 학! 학! 학! 학!"

구아호가 물 잃고 맨땅에 떨어진 붕어처럼 숨을 할딱였다.

연호제는 벌어진 그의 복부 속으로 거침없이 손을 밀어넣었다. 천지가 개벽하는 고통 속에서 구아호는 끌려나오는 자신의 속을 내려다보고 있었다. 얼굴의 모든 구멍을 통해 핏물을 질질 흘려대면서.

"큰언니는 낚시를 좋아했어. 언니를 기리는 마음으로 지금부터 낚시를 할 거야."

"끄으으으……. 허억! 헉! 헉!"

"약속해. 단 한 마리의 물고기라도 이 더러운 내장을 물고 올라온다면 살려 보내주겠어."

연호제는 실타래에서 실을 빼내듯 구아호의 몸에서 낚싯줄을 줄줄이 끌어냈다. 흰자위만 남은 채 하늘을 향한 구아호의 두 눈엔 지독한 절망과 후회만이 가득 어려 있었다.

툭!

한없이 끌려나올 것 같던 붉은 낚싯줄이 끝을 고했다.

연호제는 피로 물든 두 손을 호수에 담가 씻고 배에 누워 눈을 감았다. 헐떡이는 구아호의 호흡이 완전히 멎을 때까지 연호제는 단 한 번도 눈을 뜨지 않았다.

어느덧 사위가 어둠으로 젖어들고 있었다.

연호제는 신목촌 하천의 낡은 돌다리의 난간에 팔꿈치를 기대고 서 있었다. 오른쪽 뺨이 부어 있었다. 구아호의 시신을 처리하는 바람에 환전이 늦어 또 한 차례 허환에게 얻어맞았던 것이다.

고요함 속에서 꽃잎만 흐드러지게 하천의 수면 위로 떨어지고 있었다. 멍하니 바라보고 있던 연호제의 눈앞으로 옛집의 풍경이 아른거렸다. 큰언니의 손을 잡고 거닐던 동네 어귀의 색채가 선명하게 떠오르는 듯했다.

연호제는 속으로 빌었다. 큰언니를 욕보인 놈은 대가를 치렀다고, 더는 내 꿈에 나타나지 말고 푹 쉬라고, 남은 놈들도 하루빨리 처단할 테니 염려 놓으라고. 몇 번이고 간절히 빌었다.

"거, 거기서 뭐해!"

돌아보지 않아도 누구인지 알 수 있는 목소리.

바닥을 쿵쿵 울리며 돌다리 너머에서부터 곽동이 달려오고 있었다. 연호제는 의미없이 한 번 시선을 던졌을 뿐, 다시 고개를 돌려 정면을 응시했다.

"헉헉! 하, 한참 찾았잖아. 바, 밥을 제때 먹어야 할 거 아, 아냐. 허약해 갖고 일도 제, 제대로 못하는 주제에 끼니를 거르면 어, 어쩌자는 거야?"

남들보다 느린 혀로 허겁지겁 말을 늘어놓으면서 곽동은 들고 온 보자기를 난간 위에 놓고 풀었다. 보자기 속에는 찬합이 있었다. 뚜껑을 열자 먹음직스러운 왕만두가 김을 모락모락 피우며 나타났다.

"숙소에서는 누, 눈치 보여서 먹기 힘들 테니 여기서 머, 먹고 들어가. 네가 밥을 제대로 아, 안 먹으면 나까지 호, 혼이 날 테니까 꼭 먹어야 돼. 꼭."

그 순간, 오래도록 한 번도 짓지 않았던 미소를 아주 살짝이나마 연호제는 입가에 지을 뻔했다. 그리고 깨달았다, 하루에도 열두 번씩 이어지는 곽동의 어설픈 잔소리가 싫지 않다는 사실을.

곽동은 언제나 진심으로 걱정해줬다. 아무 말도 반응도 보이지 않는 자신의 신변을 힘 가는 대로 챙겨주고 또 도와줬다. 동황루 내에서 아니, 이 대륙 전체를 통틀어 이런 자신을 걱정해 주는 사람은 곽동뿐이었다.

"고, 고맙다는 말도 아, 안 하냐?"

곽동이 괜히 아무도 없는 주위를 돌아보며 투덜거리듯 말했다. 그간 벙어리 행세를 해온 연호제는 한쪽 눈썹을 살며시 찡그리는 것으로 대답을 대신했다.

곽동이 주저하듯 말했다.

"버, 벙어리 아니라는 거 알아. 걱정하지는 말어. 아무한테도 마, 말 안 할 거니까. 벙어리가 잠꼬대를 하는 건 이, 이상하잖아. 만날 '혁아, 미안해. 혁아, 미안해.' 하잖아. 자, 자면서 만날……."

"내가……?"

되묻는 연호제의 두 눈이 젖어들고 있었다. 처음으로 곽동 앞에서 직접 성대를 울려 목소리를 냈다. 억지로 떠올리지 않으려 하는 동생의 이름을 매일 밤 꿈에서 불렀단 말인가. 당혹스럽고 부끄러웠다. 연호제는 금세 코를 찡그리며 눈물을 급히 되삼켰다.

"잘 먹을게."

"그, 그래야지. 자, 잘 먹어야지."

연호제는 왕만두 하나를 집어 덥석 베어 물었다. 내내 머뭇거리고 있던 곽동이 별안간 주머니에서 손거울 하나를 꺼냈다.

"바, 받아."

"뭐야, 이건?"

"자, 장에 갔다가 생각나서 샀어. 너, 너는 너무 얄밉게 생겨서 거울을 좀 자, 자주 들여다보고 다녀야 될 것 같아서."

한마디로 선물이란 얘기였다. 어째서 이렇게까지 호의를 베푸는 것인지 알 길이 없었지만, 연호제는 어쨌든 손거울을 받아들었다. 오동나무로 만들어진 예쁜 손거울이었다.

손거울을 손에 쥔 채 연호제는 한동안 말이 없었다.

곽동이 입에 왕만두 하나를 통째로 집어넣으려는 찰나, 연호제는 고개를 푹 숙인 채 나직하게 물었다.

"알고 있었지?"

"어? 어? 어……."

곽동이 왕만두를 내려놓고 발을 구르며 어쩔 줄을 몰라 했다. 한참이나 그렇게 갈피를 잡지 못하고 허둥거린 끝에, 연호제의 얼굴을 힐끔거리며 말하는 것이었다.

"너처럼 얄밉게 생긴 나, 남자가 세상에 어, 어디 있어."

연호제의 입가에 아주 희미한 미소가 피었다. 지능은 모자라지만 세상 누구보다 순수한 마음을 가진 이 남자의 한마디가 그녀의 가슴을 뭉클하게 만들고 있었다.

"수, 술 한잔 마실래?"

"술?"

"마을에서 곡주 얻어올 수 이, 있는데."

"응, 좋아."

연호제의 목소리는 스스로도 놀랄 정도로 고분고분하게 울려나오고 있었다. 곽동은 제 나이도 잊고 꼬맹이처럼 좋아하며 신이 나서 마을로 뛰어갔다.

'……'

홀로 남은 연호제가 시선을 거두어 쥐고 있는 손거울로 떨어뜨렸다. 제멋대로 흘러내린 머리칼 속에서 그녀는 실로 오랜만에 자신의 얼굴을 볼 수 있었다.

그것은 연호제가 아닌 공손채의 얼굴이었다. 사랑하는 가족들이 모두 살아있었을 당시의 자기 얼굴이었다.

뜨거운 눈물이 걷잡을 수 없이 흘러내렸다.

공손채로서 살고 싶다.

하지만 이미 피로 더러워진 내 손은 끝장을 보기 전에는 멈출 수가 없다.

그런 생각이 들었을 때, 연호제는 자기도 모르게 눈앞의 난간 너머로 팔을 내질렀다.

퍼어엉!

내지른 손안에 자제하지 못한 공력이 담겨 있었다.

하천의 수면이 폭발하면서 두터운 물기둥이 솟구쳐 올랐다.

연호제는 정점을 찍고 쏟아지는 물줄기를 묵묵히 선 채로 받아들였다. 정신이 산뜻해지도록 차가운 물이 좋아서 그저 가만히 서 있었다.

"이, 이게 무슨 이, 일이야?"

술병을 들고 돌아온 곽동이 질편하게 젖은 연호제를 보고 입을 떡하니 벌렸다. 연호제는 대수롭지 않다는 얼굴로 젖은 옷소매 끝을 쥐어짜고 있었다.

"무, 무슨 터지는 소리가 나, 났는데. 무슨 소, 소리였어?"

연호제가 곽동의 손에서 술병을 낚아챘다.

병마개를 따자마자 그윽한 곡주의 향취가 코끝을 찌르며 올라왔다. 한 모금을 들이켜고 나서야 그녀가 대답했다.

"어떤 여자가 지나가다가 울었어."

"그, 그렇게 크게 울었어?"

"응."

"너, 너는 왜 옷이 다 젖었어?"

"그 여자 눈물이야."

"에이, 순 거짓말쟁이야. 내, 내가 바보 천치인 줄 알아."

곽동이 분하다는 얼굴로 발을 동동 굴렀다. 연호제는 그만 소리를 내어 웃음을 터뜨리고 말았다. 곽동을 보자 웃지 않고는 배길 수가 없었다.

두 사람은 자정이 지나도록 술을 마시며 밤의 정취를 만끽했다. 곽동의 넓은 등에 업혀 돌아오는 길에, 연호제는 잠시 잊고 있던 마왕성을 생각했다.

'보름 후에 가야지.'

보름 후면 휴일이었다. 그 휴일을 틈타 서울대공원 던전을 공략할 생각이었다. 마음 같아서는 당장 공략하고 싶었지만 어느 정도는 조장 허환의 비위도 맞춰줘야 했다. 복수를 완료할 때까지는 동황루에 몸을 담아야 할 필요가 있으니까.

'고마워, 마왕성.'

우연히 발견한 마왕성과의 인연은 그야말로 천운이었다. 마왕성이 없었다면 가족에 대한 복수는 꿈도 꾸지 못했을 것이다. 곽동의 어깨에 얼굴을 묻은 채 연호제는 살며시 웃었다.

"왜 우, 웃어?"

"등에도 눈이 있어?"

"가, 간지러워서 알았어. 네 입이 우, 움직여서."
"거의 다 왔으니까 이제 내려줘."
곽동은 못 들은 척 계속 연호제를 업고 걸었다.
고고한 달빛 아래서 연호제는 생각했다. 무사히 험난한 복수를 마치고 난 뒤에는 어떤 방식으로든 이 남자의 마음에도 꼭 보답을 해야겠다고.

제2장

공부

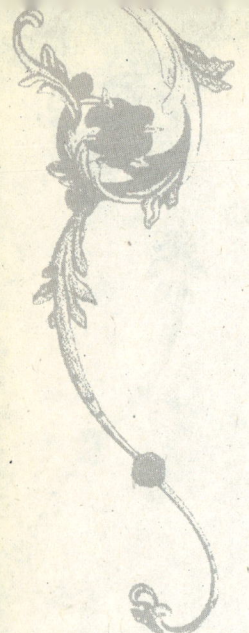

이계
마왕성

드르륵! 드르륵!

"으으, 사테라이자……. 나도 사랑해……."

세만이 잠꼬대를 하며 벌러덩 돌아누웠다. 드러난 이부자리에 놓인 핸드폰은 계속 몸을 떨고 있었다.

드르륵! 드르륵!

"키스하게 해주세요……. 아, 거기는 아아… 억!"

세만이 두 눈을 번쩍 떴다. 바닥을 울리는 매서운 진동과 간밤에 끄지 않았던 형광등의 불빛이 귀와 눈을 동시에 강타했다.

'빌어먹을……!'

부르튼 세만의 입술이 일그러졌다. 여전히 여신의 모습이 뇌리에 생생한데 이게 다 꿈이었단 말인가. 딱 10초만 더 늦게 깨어났어도 여신의 살결을 만져볼 수 있었을 텐데 이렇게도 허무할 수가!

세만은 지독한 허탈함을 느끼며 핸드폰을 집어 들었다. 채빈의 이름이 액정 위로 떠오르고 있었다. 채빈의 이름을 보고 이가 갈리는 건 처음이었다.

"뭐야, 아침부터."

"세만이 형, 아직도 자요?"

"자면서 통화하는 사람 봤냐?"

"목소리가 왜 그래요? 화났어요?"

"말이라고 해? 네가 여신님과의 접견에 훼방을 놨잖아."

"또 무슨 뚱딴지같은 소리예요? 무슨 말인지 잘 모르겠고요. 여하튼 세만이 형, 오전에 별일 없으면 저하고 서점 좀 가주세요."

"난데없이 서점은 왜?"

"수능 참고서 좀 사려고 하는데 제가 잘 몰라서요. 도와주시면 맛있는 거 사드릴게요."

"으음……."

신음하며 일어선 세만이 핸드폰을 어깨 사이에 끼고 냉장고를 열었다. 가득 들어찬 맥주 캔 틈에 반쯤 마신 생수병이 불청객처럼 끼어 있었다.

생수를 꺼낸 세만이 뚜껑을 열며 대답했다.

"나도 잘 모르는데."

"형 공부 잘하시잖아요."

"나 공부 못해. 수학은 함수부터 포기했고 영어는 알파벳 겨우 외운다고."

"그런 사람이 어떻게 고구려대를……. 아니, 아무튼 됐고 금방 형 방으로 갈게요."

"야야, 이채빈."

딸깍!

전화가 끊겼다. 세만은 짜증스런 눈길로 핸드폰을 내려다보다 생수를 벌컥벌컥 들이켰다. 간밤에 밀린 애니메이션을 보면서 맥주를 조금 과하게 마셨던 모양이다. 반통의 물을 모조리 비워도 갈증은 좀처럼 가시지 않았다.

"아씨, 귀찮아 죽겠네. 참고서를 뭘 봐달라는 거야. 진짜 나도 잘 모르는데."

거짓말은 아니었다. 세만은 태어나서 머리털이 난 이래 한 번도 참고서를 본 일이 없었다.

'올 때까지 좀 누워 있어야지.'

채빈이 오고 나서 씻어도 늦지 않을 것이다. 세만은 도로 자리에 드러누워 배를 벅벅 긁으며 TV를 켰다. 작년에 크게 흥행했던 한국 영화가 흘러나왔다. 이야기는 절정에 달해 눈물을 터뜨리며 열연하는 여주인공의 얼굴이 화면 가득 비춰지고 있었다.

'……'

여배우의 얼굴을 바라보던 세만이 씁쓸한 표정으로 리모컨을 내려놓고 일어섰다. 웃옷을 벗으며 욕실로 향하는데, 문득 현관 밖에서 초인종이 울렸다.

딩동!

"채빈이냐? 벌써 왔어?"

팬티와 반바지를 한꺼번에 내리던 세만이 두 손을 멈추고 물었다. 그러나 대답 대신 딩동 하고 초인종 소리만 되돌아왔다. 종교 단체인가. 세만이 경계하듯 눈썹을 찌푸리며 현관으로 한 걸음 다가섰다.

"누구시냐고요."

"문 열어, 위세만."

절름발이 2월의 한파보다도 냉랭한 여자의 목소리.

세만은 그 자리에 주저앉아 엉덩방아를 찧고 말았다. 찬물이라도 뒤집어 쓴 것처럼 이미 잠은 달아난 얼굴. 한껏 치켜뜬 두 눈은 바들바들 떨고 있었다.

"문 열어, 어서."

여자의 차가운 목소리가 다시금 명령조로 말했다. 세만은 침을 꿀꺽 삼키며 등 뒤를 돌아보았다. TV 화면의 여배우가 여전히 눈물을 흩뿌리며 애원하고 있었다.

세만이 목을 붙잡고 어눌하게 목소리를 꾸며 대답했다.

"그, 그런 사람 없는데요."

"재밌니? 넌 연기에 재능없다고 했지? 문 부술까?"

"아, 알았어. 하지 마."

"셋 셀 동안 안 열면 부순다. 하나……."

"아, 알았어. 열게, 열면 되잖아."

세만이 화들짝 일어섰다. 이웃사람이 뭐라고 하든 경찰이 오든 능히 문을 부수고도 남을 사람이다. 떨리는 세만의 손이 잠금장치를 해제하자마자 문은 벌컥 열렸다. 화려한 옷차림의 여자가 거구의 사내를 등 뒤에 대동한 채 서 있었다.

"꼴좋구나, 너."

여자가 붉은 입술로 이죽거리며 선글라스를 벗었다. 날카로운 두 눈 속에 주눅 든 몸을 떠는 세만이 오롯이 담겨져 있었다.

"차에서 기다리고 있어. 시간 좀 걸릴지도 모르니까 매니저 오빠한테도 그렇게 말하고."

"네, 알겠습니다."

사내가 정중히 인사하고 돌아서서 계단을 내려갔다. 여자는 세만의 허락을 구하지도 않고 안으로 들어와서는 구두를 벗고 단칸방으로 들어섰다.

"추워, 문 닫아."

"어, 어."

세만이 냉큼 문을 닫았다. 여자는 지저분한 방 안을 돼지우리라도 대하듯이 얼굴을 구긴 채 돌아보더니, 세만의 베개에 엉덩이를 깔고 무릎을 세워 앉았다.

"여긴 어떻게… 알았어?"

세만이 엉거주춤하게 선 채로 물었다. 바보 같은 질문이라는 건 스스로도 알고 있었다. 마음만 먹으면 못할 게 없는 사람이니까. 할 말이 없어서 그렇게 물었을 뿐이었다.

"그래도 누나 생각은 하나 보지?"

여자가 TV의 영화로 눈길을 주면서 비웃듯이 내뱉었다. 세만은 입을 꾹 다물고 그녀의 맞은편에 조용히 앉았다.

"커피도 한 잔 안 내오니?"

"없어서."

"그럼 냉수라도 가져와."

"방금 다 마셨는데……."

여자의 두 눈이 삵처럼 표독스럽게 치켜져 올랐다. 그 눈빛만으로 세만은 움찔거리며 뒤로 몸을 뺐다. 뒤이어 낡은 냉장고를 연 여자는 기가 차다는 얼굴로 천장을 향해 코웃음을 쳤다.

"구질구질하게 잘사는구나, 아주. 술만 처먹고 사니?"

"아니야, 원래 밥은 다 밖에서 먹어."

난데없이 여자가 맥주 캔 하나를 꺼내 뚜껑을 땄다. 세만이 끓어오르는 하얀 거품을 놀란 얼굴로 바라보고 있노라니, 여자가 핸드폰을 꺼내 귀로 가져갔다.

"매니저 오빠, 오전 미팅 취소해 줘. 나 지금부터 술 마실 거니까. 오빠, 나 길게 말하기 싫거든? CF고 뭐고 다 필요 없으니까 취소시키라고! 끊어!"

빠각!

"으헉!"

여자가 내던진 핸드폰이 산산조각이 났다. 안색이 새파래진 세만 앞에서 여자는 한 캔의 맥주를 입에 대고는 목울대를 울리며 단숨에 비워버렸다.

"크으으……!"

단번에 여자의 얼굴이 새빨갛게 달아올랐다. 세만은 어쩔 줄을 몰라 하며 몸을 이리저리 꼬고 있었다. 여자는 죽일 듯이 세만을 노려보더니 갑자기 손을 번쩍 들어 세만의 뺨을 후려쳤다.

철썩!

"네가 사람이니?"

여자가 내지른 손을 거두지도 않고 숨을 몰아쉬며 물었다. 세만은 고개가 모로 돌아간 채 말없이 붉어진 뺨을 실룩거릴 뿐이었다.

"사람이면 말 좀 해봐. 몇 년 씩이나 잠적한 건 둘째 치자. 전화 한 통 하는 게 그렇게 힘들었어? 아빠랑 엄마가 얼마나 걱정했는지 알아?"

"……"

"하다못해… 하다못해 나에게만 연락이라도 줄 수 있었잖아! 잘 살아 있으니까 걱정 말라고 귀띔이라도 줄 수 있었잖아! 입 안 열어?"

"누나한텐 미안하게 생각하고 있어."

철썩!

또 한 방의 뺨을 맞으며 세만의 고개가 반대쪽으로 홱 꺾였다. 여자는 입술을 깨물고 오한이 든 것처럼 떨더니, 세만을 때렸던 두 손바닥에 얼굴을 묻고 흐느끼기 시작했다.

"미안하게 생각한 게 이 모양이니? 내가 너한테 얼마나 잘해줬어? 항상 네 편이었잖아. 양심이 있으면 말을 해봐, 나쁜 새끼야."

세만이 고개를 푹 수그렸다.

조금씩, 아주 조금씩 그의 심장의 박동이 거세지고 있었다. 뜨거운 무엇인가가 아랫배 깊숙한 밑바닥을 차고 솟구쳐 올라오고 있었다. 그것은 까마득히 잊었다고 생각했던 울분의 앙금이었다.

머리로는 분명히 말하지 말자고 생각하고 있었다. 참자고 스스로를 다잡고 있었다. 하지만 기어이, 벌어진 세만의 입은 머리와는 관계없이 한마디 말을 내뱉어 버렸다.

"항상 내 편은 아니었지."

여자가 두 손에 묻었던 얼굴을 번쩍 들었다. 젖은 두 눈가 밑에서 화장이 번지고 있었다.

"너, 지금 무슨 소리야?"

"끝까지 내 편 좀 해주지 그랬어."

"설마… 아직도 그 일로 날 원망하니?"

세만이 고개를 느릿느릿 가로저었다.

"이젠 그런 마음도 없어."

"거짓말하지 마. 세만이 너… 아직도 날 원망하는 거야? 유정이 죽은 게 나 때문이라고 생각하는 거야? 누나가 그날 바로 입금해 줬잖아."

"그 직후에 아버지가 카드를 정지시켰고."

"치료가 목적인 걸 알았다면 아빠도 당장 입금해 주셨을 거야! 아빠는 너희 둘이서 일본으로 도망칠 생각인 줄로만 알고 계셨단 말이야!"

여자가 세만의 양어깨를 붙잡고 앞뒤로 거칠게 흔들었다.

세만은 허수아비처럼 몸을 내맡긴 채 흐느적거리며 자조하듯 말했다.
"원망 안한다니까. 지지리도 가난한 내 책임이지."
"위세만!"
"부모님 돈이 내 건 아니잖아. 말은 또 더럽게 안 듣는 불효자식이고, 게다가 무능력한 놈이지. 무능력한 놈이니까 등 위에서 사랑하는 여자를 죽게 만든 거야. 당연한 거고 다 내 잘못이야."
"너 진짜……!"
여자가 위아래 이를 딱딱 맞부딪치며 성난 신음을 흘렸다. 바로 그 순간, 현관의 초인종이 예고도 없이 울리고 있었다.
"세만이 형, 저 왔어요."
들려오는 채빈의 목소리에 세만이 귓불을 달싹였다.
여자가 뒤로 물러나 앉으며 휴지로 젖은 눈가를 훔쳤다.
"세만이 형! 없어요? 아우, 씻고 있나?"
문고리 돌아가는 소리가 울렸다. 잠그지 않았던 현관문이 벌컥 열리며 문틈 사이로 채빈이 얼굴을 들이밀었다.
"어? 아… 죄송합니다. 손님이 계신 줄 몰라서……."
여자를 본 채빈이 황망히 사과하며 도로 문을 닫으려 했다. 그보다 앞서 여자가 자리에서 일어서며 말했다.
"용무 끝났으니 들어와요."

"아, 네⋯⋯."

채빈이 쭈뼛거리며 다시 안으로 들어와 현관에 우두커니 섰다. 여자는 일어선 채로 핸드백을 열더니 금빛의 카드 1장을 꺼내 세만의 발치에 떨어뜨렸다. 카드 표면에 'VVIP'라는 글자가 선명하게 새겨져 있었다.

"챙겨놔."

"필요없어."

"사람답게 살아. 일주일에 한 번씩 전화할 테니 받고. 안 받으면 집에다가 전부 불어버린다. 알았어?"

"⋯⋯."

"알았냐고, 위세만."

"알았어."

세만이 모기 소리만큼 작게 대답했다.

여자가 양 볼을 부풀리며 크게 심호흡을 했다. 그러고는 스스로를 납득시키듯 고개를 끄덕였다.

"그래, 당장 결정하라는 소린 안 할게. 천천히 대화로 풀자. 오늘은 이만 갈게."

말을 마친 여자는 구두를 신고는 돌아보지도 않고 집을 나가버렸다. 현관문이 닫히고 나서야 벽에 기대어 서 있던 채빈이 세만의 옆으로 다가와 찰싹 붙어 앉았다.

"세만이 형, 누구예요?"

"누나."

세만이 빈 맥주 캔을 옆으로 밀어내며 대답했다. 그와 동시에 채빈이 두 손을 모아 쥐며 드높게 탄성을 터뜨렸다.

"누나요? 치, 친누나? 엄청 미인이시네! 와, 진짜 저 미모는 도저히 말로 설명이… 아니, 아니……."

흥분한 채빈이 말을 잇지 못하고 답답한 제 가슴을 두드려 댔다. 그러던 차에 TV의 영화로 불쑥 시선이 갔다. 화면을 독식하고 있는 여배우를 가리키며 채빈이 소리치듯 말을 이었다.

"그래요, 저기 저 지금 나오는 배우 이미연! 이미연만큼 미인이잖아! 아니, 이미연만큼이 아니라 이미연이랑 완전 똑같이 생겼……!"

채빈이 말을 멈추고 얼어붙었다. 녹이 슨 고철 로봇처럼 부자연스럽게 고개를 돌리는 채빈을 향해, 세만은 쓸쓸하게 웃어보였다.

"마, 말도 안 돼……! 정말이에요?"

"어."

"성이 다른데?"

"이미연 본명 아니야."

"맙소사! 이럴 수가!"

채빈이 머리를 감싸고 뒤로 쓰러졌다. 이미연은 30대의 나이에 접어들어서도 최고의 주가를 유지하는 최정상급 여배우였다. 그런 엄청난 사람을 세만의 골방에서 맞닥뜨리게 될 줄은 꿈에도 몰랐다. 게다가 세만의 친누나라니!

"서점 가자고 했지? 씻고 올게."

"지금 서점이 문제예요! 이미연이 형의 누나라니! 왜, 왜 이렇게 사세요? 도대체 형은 정체가 뭐예요?"

"작업장 직원이지."

세만이 욕실로 홀연히 들어가 문을 닫았다. 그러자마자 채빈은 허겁지겁 스마트폰을 꺼내 인터넷에 접속했다. 검색창에 '이미연'을 입력하고 엔터를 누르자마자 그녀의 프로필이 화면 위로 떠올랐다.

'이미연……. 본명 위세희……. 1남 1녀 중 장녀……. 아버지는 스트림소프트 대표이사 위준일……!'

1남 1녀 중 차남이 바로 위세만인 것이다. 국내 최초로 연매출 1조원을 달성한 굴지의 온라인게임 회사 스트림소프트 대표이사의 아들이었던 것이다.

'와, 매치가 안 되네. 진짜……!'

채빈은 어안이 벙벙해진 채로 벽에 등을 기댔다. 뭔가 사연이 있을 거라고는 얼마간 예상하고 있었지만 이런 엄청난 가계도라니.

'아니, 내가 이러면 안 되지.'

채빈이 제 뺨을 찰싹 때렸다. 더 이상의 괜한 호들갑은 떨지 말아야겠다는 생각이 들었다. 믿겨지지 않을 만큼 놀라운 일이라 흥분을 가라앉히기가 쉽지는 않았지만, 채빈은 세만의 어두웠던 낯빛을 떠올리며 스스로를 진정시켰다. 이것은 세만의 집안 사정이다. 흥밋거리로 떠들어 댈 이야기가 아닌 것이다. 지금까지 세만이 숨겨온 데에는 그만한 이유가 있는 것이다.

"어, 시원하다."

잠시 후, 샤워를 마친 세만이 팬티 차림으로 욕실에서 나왔다. 곧바로 바지에 다리를 꿰는 세만 앞에서 채빈은 묵묵히 TV만 바라보고 있었다.

"어이."

세만이 채빈의 어깨를 콕콕 찔렀다.

"네?"

"왜 말이 없어."

세만이 이상하다는 눈초리로 물었다. 채빈은 의미를 모르겠다는 듯이 웃으며 두 손을 들어보였다.

"제가 뭘요."

세만이 고개를 갸웃거렸다. 잠깐 샤워하러 간 사이에 눈에 띄게 침착해진 채빈의 모습이 마음에 걸렸던 것이다. 하지만 그것이 채빈 나름의 배려라는 사실을 깨닫기까지는 그리 오랜 시간이 걸리지 않았다.

세만이 씁쓸히 웃으며 말했다.

"누나 때문에 분위기 싸해졌네. 미안하게 됐다."

"무슨 엉뚱한 소릴 해요? 그리고 형이 왜 사과하세요? 갑자기 찾아온 제가 죄송하면 죄송한 거지."

"그것도 그렇고 그……. 미안해, 여러 가지로."

무슨 뜻인지 채빈은 알 수 있었다. 자신의 신변을 철저히 숨겨왔던 사실에 대해 사과하고 있는 것이다.

채빈이 말했다.

"하지 마세요. 억지로 싫은 이야기를 할 필요 있어요? 나중에 마음 풀리면 그때 이야기해 주세요."

누구에게나 자신만 간직하고 싶은 비밀이 있는 법이니까. 자신이 마왕성에 대한 비밀을 홀로 간직하고 있듯이 세만은 자신의 과거를 숨기고 싶은 거라고, 채빈은 생각했다.

"재경 씨에게는 비밀로 하는 거 알지?"

"제가 바보예요? 됐고 옷이나 좀 빨리 입으세요. 배도 고프고 죽겠어요."

"재촉하지 좀 마. 씻고 30초밖에 안 지났다."

세만이 준비를 서둘렀다. 구멍 난 양말을 짝짝이로 신으면서 뭐가 즐거운지 콧노래를 부르고 있었다. 채빈은 소리없이 신음하며 고개를 내저었다. 아무리 봐도 매치가 안 된다.

"이야, 멋진데!"

서점에 들어서자마자 세만이 탄성을 내질렀다.

채빈이 고개를 끄덕이며 화답했다.

"최근에 보수를 끝냈대요. 시설 좋죠?"

세만이 입을 반쯤 벌린 채 어이없다는 눈빛으로 채빈을 쳐다보았다.

"왜 그렇게 보세요?"

"넌 역시 코흘리개야. 바보처럼 무슨 소릴 하는 거야. 나는 저어기, 저쪽을 보고 얘기하고 있는 거라고."

세만이 손을 뻗어 서가의 한곳을 가리켰다. 채빈의 시선이 손가락을 따라 그리로 향했다. 서점의 여직원들이 책을 들고 서가 사이사이를 분주히 오가고 있었다.

"히야, 역시 유니폼은 흰색 블라우스에 감색 조끼야. 그리고 스타킹은 커피색이지. 움직이는 다리의 근육을 따라 실룩이는 저 광택을 봐. 환한 서점 조명 아래서 한층 돋보이는 아름다운 저 광택… 아, 저 광택!"

"형, 목소리가 너무 커요……!"

"게다가 지금은 구두를 신고 있지만 말이야. 조금 이따 점심시간이 되면 슬리퍼로 갈아 신고 저마다 식당을 찾아가겠지. 탁자 밑에서 다리를 꼰 채 슬리퍼 밖으로 드러난 발가락을 꼼지락거리면서……. 으, 귀여운 발가락! 탄력적으로 움찔거리는 그 종아리……. 달걀 같은 뒤꿈치……. 으흐흐, 쩐다……! 생각만으로도 뿅가 죽네!"

"아우, 좀! 이리 오세요!"

보다 못한 채빈이 세만의 입을 틀어막았다. 참고서 코너로 질질 끌려가는 와중에도 세만의 음흉하기 짝이 없는 두 눈은 여직원들에게만 꽂혀 있었다.

"형, 이 책은 어때요? 분류가 잘 돼 있는 것 같은데."

"으흐흐……."

"아, 좀! 여직원들 그만 좀 보고 저 도와주세요."

"어? 그래, 봐줘야지."

세만이 움찔거리며 진열대로 몸을 돌렸다. 그는 진열된 각종 참고서들을 하나씩 들춰 보더니 금세 한 권을 선택해서 채빈에게 건넸다.

"이거 좋네. 이 시리즈로 사라."

"이거요? 아니, 뭐 보시긴 한 거예요?"

"이게 표지가 제일 예쁘잖아."

"아, 형!"

"농담이고. 내가 보기엔 이게 잡소리가 제일 적어. 참고서에 잡소리 많으면 골치 아파. 알맹이만 쏙쏙 들어있는 게 좋지."

"으흠, 이 시리즈가 그렇게 괜찮다는 거죠?"

채빈이 진지해진 눈빛으로 세만이 추천한 참고서를 한 장씩 펼쳐가며 확인했다. 솔직히 자신의 눈으로 보기에는 다 거기서 거기였다. 세만이 뭘 기준으로 이 참고서를 추천해 줬는지 감이 잡히질 않았다.

"근데 갑자기 웬 공부냐. 대학 가고 싶어졌어?"

세만이 바닥에 쪼그려 앉으며 물었다.

"그렇다기보다는……. 그냥 뭐."

얼버무리는 채빈의 얼굴에 희미한 웃음이 스쳐갔다. 어쩐지 수줍어하는 듯도 싶은 그 얼굴을 바라보며 세만이 말을 이었다.

"공부 좋지. 학벌이 인생의 전부는 아니지만… 아니, 입에 발린 소린 됐고 한국에서는 매우 중요하지. 그래, 중요해."

"그렇겠죠."

"대학 한번 가보는 것도 나쁘지 않지. 내 나이가 너보다 엄청 많은 건 아니지만 뭐, 많은 경험을 하는 건 좋아. 이것저것 경험할수록 인생 살기가 수월해지거든."

채빈은 그저 웃기만 했다. 서가 옆으로 여직원이 책 한 더미를 들고 낑낑거리며 지나가고 있었다. 세만은 자신의 눈높이에 맞춰 시야를 채운 여직원의 종아리를 훔쳐보며 물었다.

"그래서 목표는 정했어?"

"학교요? 아님 과요?"

"둘 다."

"과는 문예창작과 가고 싶어요. 학교야 당연히 성적에 맞춰 제일 좋은 데로 가고 싶고요."

"문창과라……. 굶어죽기 딱 좋은 과지만 그래도 하고 싶은 공부를 하는 게 맞지."

세만이 자리에서 일어섰다. 그는 채빈의 손아귀에서 책을 빼앗아 들고는 해당 시리즈의 나머지 책들까지 모조리 챙겨 가슴에 안아들고 말했다.

"내가 쏜다."

"네?"

"대신 열심히 해라, 고구려대 들어올 정도로."

세만이 채빈의 가슴을 툭 쳤다. 가볍게 쳤을 뿐인데 채빈의 가슴이 찡하게 울렸다.

"혹시 더 필요한 책 있으면 가져와."

"진짜요?"

"나 VVIP카드 이용자야. 아까 봤지? 빨리 가져와."

세만이 한쪽 눈을 찡긋해 보였다. 채빈은 얼른 진열대 한쪽에 놓여 있던 토익 참고서와 JPT 참고서를 각각 한 권씩 집어 들었다.

"영어랑 일본어를 둘 다 하려고?"

"그냥 재미로요."

"너 시작부터 너무 기합 주면 금방 지쳐서 나가떨어진다."

"두고두고 차분하게 공부할 거예요. 그리고 오늘 형이 쏜다는데 좀 벗겨 먹어야죠."

세만이 계산을 치렀다. 채빈은 책들을 가득 담은 쇼핑백을 두 손에 나눠들었다. 참고서의 묵직한 무게가 두 팔로 고스란히 전해져 왔다. 책을 샀을 뿐인데 이제 진짜 공부를 시작하게 되었다는 실감이 났다.

서점을 나오면서 채빈은 은효의 얼굴을 떠올렸다. 자신이 공부를 시작했다는 사실에 가장 기뻐해 줄 사람이니까. 혹시라도 같은 대학교에 동기로서 입학하게 되면 은효는 어떤 반응을 보일까. 생각만으로 피식 웃음이 새어나왔다.

'그리고 그 씨발 새끼……!'

은효에 이어 생각나는 얼굴은 정우였다. 부모덕에 가질 수 있었던 모든 힘을 동원해 자신을 짓밟아 왔던 악마. 이제는 자신이 짓밟아 줄 차례라고 채빈은 어느새 이를 갈고 있었다.

마왕성과 인연을 맺은 뒤, 언제부터인가 채빈은 솔직히 자신의 과거를 인정하고 있었다. 오래도록 자신이 정우에게 열등감을 가지고 있었다는 점을 직시할 수 있게 됐던 것이다. 그렇게 인정하고 난 뒤 마음은 더없이 편해졌다.

지금이야 정우에게 아무런 열등감도 가지고 있지 않았다.

마왕성이 있는데 정우의 학벌과 재력 따위가 부러울 턱이 없었다. 이제 정우를 향해 남은 감정은 온건히 분노뿐이었다.

'두고 보자. 네놈의 홈그라운드에서 밟아줄 테니까. 너의 졸부 근성을 완전히 으깨주마.'

활활 불타오르는 투지로 가슴이 뜨거워졌다. 마왕성이 공부 열심히 하라고 이렇게 멍석까지 깔아줬다. 그 기대에 절대적으로 부응할 각오를 곱씹으면서 채빈은 결연히 서점을 나섰다.

바로 다음날.

채빈의 공부가 본격적으로 시작되었다.

계획을 시작하기에 앞서 채빈은 프라이어와 운디네 앞에서 선언하듯 말했다.

"한동안 마왕성 개발은 쉰다, 칸체레 수도원 던전도 막혔고. 주말마다 독트로스 던전이랑 동부 지저성 돌면서 코인이나 비축해두자고. 즉, 너희들은 종전대로 돈벌이에만 집중해주면 돼."

"어머, 주인님. 이제 엄친아되시는 거예요? 후훗."

"아니, 그런 말은 또 어디서 배웠어? 아무튼 너희들도 잘 부탁해!"

채빈은 하루 8시간을 공부에 투자하기로 계획을 세웠다. 속성학습실에서 8시간을 공부하면 80시간을 공부한 효과를 얻게 될 것이다.

　수능까지 남은 시간은 약 2개월이었다. 계획대로만 꾸준히 공부한다면 수능까지 총 4,800시간을 공부하는 셈이 되는 것이다. 그런 생각을 하자 새삼 감탄을 금할 수 없는 채빈이었다. 속성학습실이라니, 이 얼마나 굉장한 시설인가! 평범한 사람들은 하루 10시간씩 1년을 공부한다고 해도 고작 3,650시간이다. 그런데 자신은 속성학습실의 힘을 빌려 불과 2개월 만에 그것을 훨씬 웃도는 학습량을 얻는 것이다!

　채빈은 아침을 먹자마자 참고서와 노트, 필기도구를 챙겨 마왕성에 처박혔다. 그리고 참고서를 펼치고 무서운 기세로 공부를 시작했다.

　'와, 공부가 재미있어! 엄청나!'

　한눈을 팔 틈이 없었다. 이것도 다 집중력을 5배로 올려주는 속성학습실의 능력 덕택이겠지만. 집중은 기가 막힐 정도로 잘되고, 이해는 턱없이 빠르고, 암기는 컴퓨터처럼 완벽하니 공부를 하는 내내 소름이 돋을 정도였다.

　하루하루가 지나면서 능률은 더욱더 올라갔다. 채빈은 그날그날 정한 수능 공부를 하고 난 다음 자투리 시간에는 토익과 JPT를 공부했다. 눈에 보이는 참고서의 모든 내용이 마법서적이라도 된 것처럼 채빈의 뇌리에 쏙쏙 각인되었다. 채빈은 신이 나서 더욱 공부에 가속을 붙였다.

열흘 가량이 지났을 때, 프라이어가 채빈의 방으로 돌아와서는 운디네에게 걱정스레 말했다.

"형님 저러다 쓰러지시는 거 아닐까. 형님은 우리처럼 정령이 아니니 운디네, 가끔 잘 계신지 들여다봐. 네가 나보다 형님 방에 머무르는 시간이 많으니까."

"어머, 이 치마는 너무 짧은 거 같은데."

운디네는 채빈의 방 전신거울 앞에서 새로 산 옷들을 입어보느라 여념이 없었다. 화려한 빛깔의 옷가지들이 방바닥의 사방팔방에 흩어져 있었다.

"운디네, 내 말은 듣고 있는 건가?"

"응? 뭐라고 했어? 그보다 프라이어, 이 속옷 어때? 이 얼룩말 무늬 엄청 예쁘지 않아?"

"후우, 그만두지. 너하고 대화를 시도한 내가 바보였다."

프라이어가 빛 덩어리 형태로 모습을 바꾸고는 창문을 통해 작업장 쪽으로 사라졌다. 그제야 운디네는 창문 쪽을 향해 샐쭉하게 혀를 내밀어보였다.

"네가 그렇게 말 안 해도 알아서 할 거거든? 간식거리도 다 만들어 놨는데. 이렇게 주인님 잘 모시는 정령이 어디 있어?"

운디네는 툴툴거리며 냉장고를 열고는 랩으로 싸둔 샌드위치 접시를 꺼냈다. 인터넷으로 정보를 구해 직접 재료까지 사다가 만든 샌드위치였다.

'후훗, 이대로 갈까 봐. 새로 산 옷 자랑해야지.'

운디네는 맨살을 훤히 드러낸 몸을 거울 앞에서 돌리며 배시시 웃었다. 놀라서 뒤로 넘어갈 채빈의 반응을 생각하니 벌써부터 웃음이 새어나오는 걸 참을 수가 없었다.

드르륵! 드르륵!

'으응?'

슬리퍼를 신으려는 찰나 진동이 울렸다. 두고 간 채빈의 핸드폰이 울리는 소리였다. 운디네는 핸드폰을 들고 액정 위에 뜬 '공은효'라는 이름을 확인하고는 별생각 없이 전화를 받았다.

"네, 주인님 핸드… 아니, 이채빈 씨 핸드폰입니다."

―여보세요? 어, 저기……. 채빈 오빠 없어요?

"잠시 자리 비우셨거든요. 전화 왔었다고 전해 드릴게요."

―아, 네……. 아… 그럼, 안녕히 계세요.

상대방은 뭔가 더 할 말이 있는 듯했지만 끝내 말을 머뭇거리며 전화를 끊었다. 운디네는 핸드폰을 내려놓고 벗었던 슬리퍼에 다시 발을 꿰었다.

'으음……. 5형식 문장의 수동태에서 사역동사 made가 쓰이면…….'

마왕성의 채빈은 공부에 매진하고 있었다. 어찌나 집중한 상태인지 운디네가 바로 등 뒤까지 다가와 어깨 너머로 얼굴을 들이밀고 있는데도 알아채지 못하고 있었다.

운디네가 채빈의 귀에 입술을 대고 살며시 속삭였다.

"주인님."

"으익! 깜짝이야!"

채빈이 펜을 놓치고 모로 무너졌다. 뒤이어 운디네를 바라본 그의 두 눈은 경악으로 부릅떠졌다. 운디네는 브래지어에 팬티만 입고 있었다.

"아, 아니……. 오, 오, 옷이 왜 그래?"

"후훗, 새로 샀어요. 얼룩말 무늬 예쁘죠?"

"어? 아, 예뻐. 예쁘지……. 아니 근데 속옷이잖아? 수영복 아니잖아?"

"아무럼 어때요. 재질도 부드러워요. 만져 보실래요?"

운디네가 채빈의 손을 붙잡아 자신의 몸으로 이끌었다. 채빈은 새하얗게 질려 손을 뿌리치고 뒤로 나자빠졌다.

"노, 놀리지 마! 갑자기 또 왜 이래?"

"후후후, 주인님한테 장난치면 너무 재밌어."

"아우, 진짜……!"

채빈이 터질 것처럼 날뛰는 심장을 붙잡고 숨을 몰아쉬었다. 운디네의 짓궂은 장난에 적응하려면 아직도 한참은 더 시간이 필요할 듯했다.

"이것 좀 드세요."

운디네가 책상 위에 놓인 참고서를 살며시 옆으로 밀고는 그 위에 샌드위치 접시를 내려놓았다. 랩을 벗기며 그녀가 자랑스러운 듯이 말을 이었다.

"직접 만들어봤어요. 주인님 공부하시느라 많이 피곤하실 텐데 이 운디네가 만든 샌드위치 드시고 힘내주세요. 후훗."

"직접 만들었다고?"

"그렇다니까요. 자, 주인님. 아~"

"지, 직접 먹을게."

"후후, 부끄러워하시긴."

채빈이 샌드위치를 한 입 베어 물었다. 무슨 맛인지를 느낄 여력이 없었다. 신경을 쓰지 않으려고 해도 두 눈은 자꾸만 운디네의 가슴 쪽으로 향하고 있었다.

'원래 이렇게 몸매가 좋았나? 설마 레벨이 오르면서 글래머가 된 건 아니겠지?!'

머리로는 의지와 아무런 관계가 없는 생각이 자꾸만 떠오르고 있었다. 운디네의 풍만한 가슴을 가리기에 저 얼룩말 무늬 브래지어는 너무 사이즈가 작은 듯했다. 아니, 작아서 오히려 보기가 더 좋은 것일지도.

"무슨 공부할 책이 이렇게 많아요? 엄청 두껍다."

운디네가 책상 앞으로 바싹 다가가 무릎을 꿇고 앉았다. 신기하다는 눈초리로 책을 이리저리 들여다보는 그녀의 바로 옆에서 채빈은 목이 타서 죽을 지경이었다. 운디네가 숨을 쉴 때마다 움직이는 신체의 멋진 굴곡이 시야를 어지럽게 만들었다. 샌드위치를 먹을 상황이 아니었다. 한 입만 더 먹었다간 체하고 말 것이다.

"저, 저기, 그만 돌아가는 게 어때?"

채빈이 고개를 딴 곳으로 돌린 채 말했다. 책에서 눈을 뗀 운디네가 채빈을 향해 볼을 부풀리며 울상을 지었다.

"방해되세요?"

"아니, 꼭 그렇다는 건 아닌데. 혼자 있어야 공부도 잘되고 하니까. 아, 물론 샌드위치는 고맙고… 고마운데……."

옷이라도 제대로 걸치고 오라고 말하고 싶었지만 그랬다간 더 크게 놀림을 당할 것이다. 운디네는 희죽거리며 채빈을 쓱 흘겨보았다.

"왜 또 그런 눈으로 봐?"

"후후, 아무것도 아니에요. 주인님, 귀여워."

"무, 무슨 이상한 소릴 하는 거야! 빨리 돌아가!"

"네, 알겠어요."

운디네가 미소 띤 얼굴로 무릎을 펴고 일어섰다. 채빈을 등지고 속성학습실을 나서던 그녀는 불현듯 문득 손뼉을 가볍게 치며 돌아섰다.

"아, 맞다. 주인님 전화 왔었어요."

"누구?"

"공은효님이요. 제가 전화 받았어요."

채빈이 화들짝 놀라 운디네를 돌아보았다.

"전화를 받았어? 뭐라고 했는데?"

"지금 자리에 안 계신데 전화하신 거 전해드리겠다고 했어요. 혹시 제가 뭔가 잘못한 건가요?"

"어? 아니, 뭐……. 잘못한 거 없어. 고마워. 그만 돌아가."

채빈이 고개를 떨어뜨리고 손을 내저었다. 운디네는 채빈의 정수리에 대고 혀를 쏙 내밀더니 총총걸음으로 마왕성을 떴다. 홀로 남은 채빈은 펜을 내려놓은 손으로 이마를 싸맸다.

'그러고 보니 그날 이후로 연락을 안했지.'

수능 접수기간이 조만간 마감이라고 전화로 알려준 은효에게 아무 말도 해주지 않았다. 이제 생각해 보니 정우와의 갑작스런 통화 때문에 기분이 좀 상했던 게 이유였던 것 같았다. 아무리 그렇다고 해도 은효는 별개 문제인데. 뒤늦은 미안함이 밀려왔다.

채빈은 억지로 마음을 다잡고 조금 더 공부를 했다. 하지만 속성학습실의 엄청난 효과로도 은효에 대한 미안함을 누르기란 버거웠다. 결국 채빈은 일정을 조금 앞당겨 책을 덮고 자리에서 일어섰다.

"주인님, 오늘은 일찍 돌아오셨네요?"

방에선 운디네가 여전히 벌거벗다시피 한 상태로 1인 패션쇼를 펼치고 있었다. 채빈은 눈을 둘 곳을 찾지 못하고 황망히 핸드폰을 챙겨 집 바깥으로 나섰다. 9월의 시원한 바람을 온몸으로 맞으며 채빈은 은효에게 전화를 걸었다.

—오빠!

신호음이 울리기가 무섭게 은효가 전화를 받고 소리쳤다. 반가움으로 격하게 울리는 은효의 목소리에 채빈은 절로 입가에 웃음이 났다.

"잘 있었어?"

—뭐? 잘 있었냐고? 뭐야, 뭐야, 뭐야? 왜 이제야 연락해?

"사정이 좀 있었다. 미안해."

채빈은 텅 빈 집 앞의 길을 느릿느릿 걸으며 말을 늘어놓았다. 덕분에 제대로 수능 접수했다는 이야기에서부터 최근 공부를 시작했다는 것까지……. 시시콜콜한 주변 이야기들을 담담하게 은효에게 전하고 있었다.

"뭐? 다음 주에 서울 온다고? 왜?"

채빈이 걸음을 멈추고 서서 전화기를 고쳐 잡았다. 통화하느라 시간 가는 줄 모르고 걷다 보니 어느새 사거리 근방까지 와 있었다.

―아빠가 거래처 일 때문에 서울 올라가시거든. 나도 바람이나 쐴 겸 따라가서 학교 좀 봐두려고. 그래서 말인데 오빠, 나 그날 좀 만나주면 안 돼?

"만나자고?"

―응, 서울대공원 동물원 가보고 싶어. 같이 가주면 안 돼? 오빠가 안 가주면 혼자라도 갈 거야.

이렇게까지 말하는데 어떻게 거절할 도리가 있을까.

다른 누구도 아닌 은효의 부탁이다. 집으로 찾아오겠다고 하지 않는 것만도 다행이라고 생각하며 채빈은 은효의 부탁을 수락했다.

"그래, 알았어. 그럼 그날 아침에 전화해."

―저기, 그리고 오빠.

통화기 너머에서 은효가 머뭇머뭇 말을 이었다.

―있잖아. 나 사실 하나 궁금한 게 있는데…….

"뭔데? 말해봐."

―그게 그러니까……. 아니다, 아무 것도 아냐.

"왜 그래? 그냥 물어봐. 나 궁금한 거 못 참는 거 알지?"

―아냐, 다음 주에 만나면 물어볼래.

"으이구, 알았다. 일찍 자, 감기 조심하고."

―오빠두.

전화를 끊고 채빈은 허리를 폈다.

화려한 네온사인의 빛이 어둑해진 사거리의 번화가를 수놓고 있었다. 멍하니 번화가의 한쪽을 바라보고 있던 채빈은 주머니에 넣었던 핸드폰을 도로 꺼내 지금 막 떠오른 사람의 번호를 눌렀다.

"여보세요? 재경 누나, 뭐하고 있어? 또 하루 종일 그냥 집에 있었던 거야? 아니, 그냥 생각나서 전화했지. 누나 나올래? 저녁이나 먹을까? 아, 피곤하다고? 그래……. 알았어, 그럼 어쩔 수 없지. 나중에 전화할게. 어, 아냐. 미안하긴 무슨. 쉬어, 누나."

전화를 끊은 채빈은 발길을 돌려 집으로 향했다. 문득 올려다본 밤하늘 위에 재경의 얼굴이 아른거리고 있었다. 사심없이 맑은 미소로 못난 자신을 챙겨주던 재경의 아름다운 얼굴이.

제3장

사
죄

이계
마왕성

'후······.'

소리없는 한숨을 내뱉으며 재경이 전화를 끊었다.

여전히 꼭 쥐고 있는 핸드폰의 액정 위에는 이채빈의 이름이 떠올라 있었다. 피곤하다는 핑계로 채빈을 거절한 그녀의 마음은 더없이 무거웠다.

사채업자들에게 납치되었던 날부터 그녀의 마음은 망가진 채로 그 자리에 멈춰져 있었다. 두려움 때문에 집을 혼자 나설 수도 없었다. 하물며 가게를 다시 열고 장사를 한다니, 상상도 할 수 없는 노릇이었다.

이런 상황이었다. 이런 폐인인 채로 채빈을 만날 수는 없었다. 채빈은 자신을 동정하고 물심양면으로 가진 것을 다 퍼주고도 남을 테니까.

재경은 두려웠다. 채빈이 자신이라는 여자에게 질려 아예 떠나게 될까 봐 두려웠다. 때문에 채빈에게는 가능한 신세를 지지 않으려고 노력해 왔다.

그러나 결과는 어떤가. 평생을 두고 기억해야 할 신세를 몇 번이나 졌다. 빚을 일시불로 갚고 악독한 워너머니의 손아귀에서 벗어날 수 있었던 것도 다 채빈 덕분이었다.

문득 재경은 생각했다. 채빈이 없었다면 지금쯤 자신과 엄마는 어떻게 되었을까. 빚더미 속에 파묻혀 말로 형용할 수 없는 온갖 심한 꼴을 당했으리라. 이 알량한 셋방 보증금조차 온건히 지키지 못하고 거리로 나앉았겠지.

'내가 이러면 안 되는데……!'

재경이 무릎 사이에 얼굴을 파묻었다.

채빈을 위해서라도 하루빨리 일어서야만 한다.

오래도록 방치해 둔 가게를 열고, 청소하고, 소스를 받아 장사를 시작해야만 한다. 사채 워너머니의 빚은 해결했지만 그 대신 채빈에게 빚을 지게 됐으니까.

그러나 생각뿐이었다. 도저히 의지를 되찾을 수가 없었다. 지금도 눈을 감으면 그 곰팡이 냄새 가득했던 지하에서의 광경이 악몽처럼 떠오르는 것이다. 다시 또 그런 무서운 놈들에게 붙잡히게 된다면……. 아니, 차라리 나는 괜찮아. 엄마가 그런 무서운 일을 당하게 된다면……. 재경은 두 손으로 양 관자놀이를 꾹 누르고 몸서리를 쳤다.

재경은 좀처럼 잠이 들지 못했다. 정적 속에서 밤새도록 번민을 거듭했다. 이따금 눈물도 쏟았다. 그러던 중 문득 채빈이 너무 보고 싶어졌다. 이런 주제에 채빈을 보고 싶어 하는 스스로가 경멸스러워서 그녀는 베개에 얼굴을 처박고 더욱 크게 흐느꼈다. 옆의 이부자리에서 명애는 세상모르고 곤한 잠에 빠져 있었다.

재경은 울다가 지쳐 새벽녘이 되어서야 겨우 잠이 들었다. 기억도 하지 못할 잡스러운 꿈에 이리저리 몸을 뒤척이다가 인기척을 느끼고 그녀는 눈을 떴다.

"엄마……?"

"어머, 재경이 깼니?"

거울 앞에서 로션을 바르고 있던 명애가 돌아보았다. 나갈 모양으로 외출복을 입고 있었다. 재경은 눈을 비비며 부스스 일어나 벽시계를 보았다. 오전 7시가 조금 안 된 시각이었다.

"엄마 어디 가려고?"

"응, 빨리도 묻는다."

명애가 씩 웃으며 말했다.

불현듯 재경은 얼마 전부터 명애가 아침이 되자마자 집을 나섰음을 깨달았다. 그런 일에도 전혀 신경을 쓰지 못했을 정도로 자신의 상태가 엉망진창이었다는 사실을 깨닫자 자조의 웃음이 먼저 피식 새어나오는 재경이었다.
"어디… 가는 거야?"
"일하러 가."
"일? 무슨 일?"
 두 눈을 부릅뜬 재경의 얼굴에서 잠이 단박에 달아났다. 아직 완전히 나은 상태도 아닌 몸으로 무슨 일을 다닌단 말인가. 명애는 미소를 띤 채 손등에 남은 로션을 재경의 뺨에 쓱 문질렀다.
"왜 말을 안 해? 무슨 일을 하러 가는데? 설마 예전에 다니던 그 의류공장 가는 거야?"
 재경이 다그치듯 물었다. 명애가 쓰러지기 직전까지 일했던 곳이 의류공장이었다. 3교대로 계속되는 공장 일은 젊은 사람들에게도 쉽지 않은 일이다. 재경은 예전부터 명애가 그 일을 하는 걸 반대했었다.
"공장 일 아니야, 이것아. 식당 홀서빙한다."
"무슨 식당?"
"돼지갈비 집이야. 왜, 알지? 등산모임에 나오는 미소 엄마가 하는 사거리에 거기 있잖아."

명애가 로션 뚜껑을 닫고 탁자 위의 집 열쇠를 집었다. 재경이 명애의 손에서 열쇠를 낚아챘다.
 "애 왜 이래?"
 "몸도 다 낫지 않은 사람이 무슨 일이야? 나가지 마!"
 "야, 다 나았어. 등산도 다니는 사람이 그깟 서빙을 못하니? 열쇠 이리 내."
 "돈 걱정하지 말라니까? 내가 다 알아서 한다고 했잖아. 요즘 컨디션이 좀 안 좋아서 쉬었던 거지 다시 장사도 시작할 거고 그러면… 그러면……."
 말을 맺지 못하는 재경의 두 눈에 눈물이 그렁그렁 고이고 있었다. 명애는 그런 딸을 물끄러미 바라보다 두 팔을 벌려 가슴에 꼬옥 안았다. 재경의 뒷머리를 쓰다듬으며 그녀가 천천히 말을 이었다.
 "재활이야, 이것아. 나 좋으라고 일하는 거야. 만날 집에만 틀어박혀 있으면 뭐한다니? 몸도 움직여 주고 해야 고장이 안 나지."
 "그래도……."
 "손님도 별로 없어. 엄마 엄청 놀면서 일해. 너 나중에 한번 와봐. 점심시간에만 반짝 바쁘지, 그 다음부턴 완전 놀자판이야. 고스톱도 쳐. 어제 만 원이나 땄다?"
 "치잇."

재경이 자기도 모르게 웃었다. 명애는 껴안았던 몸을 떼고 재경의 젖은 눈가를 손가락으로 쓱 닦아주었다.

"걱정하지 말어. 일도 5시면 끝나니까."

명애가 재경의 손에서 열쇠를 집어 들고 일어섰다. 현관으로 향하는 그녀를 뒤따라 일어서며 재경이 물었다.

"돈은 많이 준대?"

"그래, 실한 년아. 왜 빨리 안 물어보나 했다. 아주 많이 줘. 엄마 조만간 집도 사겠다."

"힘들면 당장 그만둬야 돼. 돈 문제는 진짜 내가 알아서 해결할 수 있으니까. 어? 엄마, 알았지?"

"으이구, 잔소리는. 문이나 잘 잠가!"

명애가 나가고 문이 닫혔다. 닫힌 문 앞에서 재경은 고개를 떨어뜨린 채 두 눈을 비볐다. 자괴감이 밀려왔다. 엄마도 불편한 몸으로 저렇게 일을 하고 있었는데, 나는…….

'돈이 얼마나 남았지?'

갑자기 생각이 통장 잔고로 이끌렸다. 재경은 방으로 돌아와 서랍을 열고 통장을 펼쳤다. 100만 원이 조금 안 되는 금액이 새삼 재경의 가슴을 천근만근 무겁게 만들었다. 이 돈으로는 길게 버틸 수 없다. 아무리 아껴도 공과금은 반드시 몇만 원씩 들어가게 마련이고, 식비를 비롯한 생활비도 있다. 그리고 무엇보다도 무서운 월세라는 괴물도 기다리고 있다.

재경은 멍하니 통장을 들여다보던 눈을 들어 거울의 자신과 시선을 맞췄다. 다시 옮겨간 그녀의 두 눈은 명애가 막 일을 나가고 닫힌 현관문을 바라보고 있었다.

  '나가야 돼······!'

  더 이상 시간을 낭비할 수는 없다. 그런 쓰레기들 때문에 이 소중한 젊음의 시간을 스스로 망칠 수는 없다. 불현듯 눈앞이 흐릿해지고 턱밑이 부들부들 떨렸다. 덩달아 뒤흔들리기 시작한 심장의 박동을 제어할 수 없게 되었을 즈음, 재경은 튕기듯이 일어나 나갈 채비를 서둘렀다.

  "오빠, 일어나."

  "으음······."

  "7시야. 얼른 일어나서 씻고 밥 먹어야지."

  기광이 이불을 걷어내고 몸을 일으켜 앉았다. 여동생 기율이 교복을 챙겨 입은 모습으로 옆에 서 있었다.

  "기준이는?"

  간밤에 옆에 누워 있던 막내 동생 기준이가 보이지 않았다. 둘째 기수만 침을 질질 흘려대며 꿈나라를 노닐고 있었다.

  "그게······."

  기율이 우물쭈물 손가락을 꼬는 모습으로 대답을 대신했다. 기광이 한숨을 내쉬었다. 자기가 잠든 사이에 또 몰래 기율의 방으로 기어들어갔던 것이리라.

부모님을 일찍 여읜 탓에, 특히 어렸던 기준은 다른 형제들보다도 어머니의 보살핌을 받지 못했다. 그래서 초등학교 5학년생이 된 지금까지 결핍된 온정을 누나 기율의 품에서 채우고는 하는 것이었다.

"알았어. 내가 나가서 말할게."

기광이 아직 자고 있는 기수의 어깨를 잡고 흔들었다.

"기수야, 일어나라."

"으으, 형. 5분만……."

기수가 잠꼬대를 하듯 중얼거리며 돌아누웠다. 기광이 재차 이불을 잡아당겼다. 얼굴까지 뒤덮었던 이불이 내려가면서 퍼렇게 멍이 든 기수의 얼굴이 훤히 드러났다.

상처를 본 기광이 얼굴을 악마처럼 일그러뜨렸다.

"천기수, 일어나."

쇠처럼 묵직하고 나직한 그 목소리는 조금 전에 비해 오히려 작았다. 그럼에도 불구하고 기수는 단박에 잠에서 깨어나 눈을 번쩍 떴다. 형이 이름을 성까지 부르면 보통 일이 아니라는 걸 동생인 자신이 누구보다 잘 알고 있었다.

"일어났어. 왜? 5분만 더 자게 해주지……."

기수가 하품을 되짚어 넣으며 대답했다.

기광은 여전히 기수의 얼굴을 뚫어져라 노려보고 있었다.

잠시 의아해하던 기수는 이내, 상처 입었을 자신의 얼굴을 떠올리고 죽을상을 하며 고개를 떨어뜨렸다.

다른 건 다 넘어가더라도 큰형은 싸움만큼은 결코 쉽게 용서하지 않았다. 어젯밤엔 기광이 없는 사이에 집에 들어와서 무사히 넘어갈 수 있었다. 아침에도 일찍 등교할 생각이었는데 또 늦잠을 자게 될 줄이야.

"말해봐, 뭐야?"

기율이 급히 끼어들었다.

"오빠, 내가 어제 충분히 혼냈어. 기수도 반성하고 있으니까 일단 밥부터 먹고······."

"기율이 넌 가만있어. 천기수, 빨리 말해."

기수는 고개를 떨어뜨린 채 침묵을 지키고 있었다. 서서히 기광의 한 손이 머리 위로 올라갔다. 그제야 기수는 사색이 되어 다급히 물러나 앉더니 소리치듯 대답했다.

"치, 친구 도와주느라 그랬어!"

"네가 뭘 도와줬는데? 거짓말하면 죽는다."

"진짜야! 현석이 전에 집에 왔을 때 형도 봤잖아! 그 병신이 동부중 애들한테 학원비 삥 뜯겨서 찾아주러 갔다가 이렇게 된 거라고!"

거듭 외치는 기수의 얼굴엔 억울함마저 깃들어 있었다. 지켜보고 있던 기율은 살짝 뒷걸음질을 쳐서 조용히 방을 나갔다.

"정말이지?"

기광이 확인하듯 물었다.

기수가 겁에 질린 표정으로나마 고개를 연신 끄덕였다. 비로소 기광은 들었던 손을 거둬들였다.

"왜 형한테 말 안 했어?"

"남자가 자존심이 있지."

"돈은? 찾았어?"

되묻는 기광의 목소리가 평소처럼 누그러져 있었다. 기수는 언제 벌벌 떨었냐는 듯 단번에 환해진 얼굴로 주먹을 불끈 쥐어 보였다.

"당연히 찾았지. 내가 누군데."

"까불지 마. 그런 일이 있었다니까 이번엔 그냥 넘어간다. 앞으로 또 그런 일 생기면 혼자 까불지 말고 형한테 말해."

"알았어."

"나와, 밥 먹게."

기광이 기수를 데리고 방을 나섰다. 좁은 거실 한가운데에 김이 모락모락 피어나는 아침상이 차려져 있었다. 막내 기준이 상 앞에 앉아서 TV를 보고 있었다.

'이크!'

기광이 나오자 기준은 흠칫 몸을 떨고는 바로 리모컨을 들어 TV를 껐다. 기광은 식사할 때 TV를 보는 것을 무엇보다도 싫어했다. 안 그래도 잘못을 저질렀는데 몸을 사리지 않으면 더 크게 혼쭐이 나리라는 것을 아직 어린 기준도 아주 잘 알고 있었다.

기율이 펄펄 끓는 된장찌개 뚝배기를 가져와 상에 내려놓고 앉았다. 4남매가 상에 둥그러니 모여 앉아 숟가락을 들었다.

"잘 먹겠습니다."
"잘 먹겠습니다~ 아~"

기수와 기준이 숟가락을 들고 밥을 퍼먹기 시작했다. 기광과 기율도 조용히 수저를 들었다. 뜨거운 찌개를 한술 뜨면서 기광은 애틋한 눈빛으로 기수와 기준을 번갈아 바라보고 있었다.

중학교 3학년생인 기수는 학창 시절 때의 기광을 꼭 닮았다.

공부는 뒷전에 온종일 또래들과 몰려다니면서 싸움질만 일삼았다. 올해 초에 기광이 직접 학교로 찾아가 기수가 몸담고 있던 일진회를 해산시킨 뒤로는 다소 잠잠해졌지만, 여전히 어디로 튈지 모르는 사고뭉치였다.

초등학교 5학년인 막내 기준도 신경이 쓰이는 건 매한가지였다. 기준은 기광이나 기수와는 달리 엄마를 닮아서 온화하고 부드러운 성격이었다. 때문에 그만큼 마음도 여렸다. 아직도 엄마를 잊지 못하고 기율에게 여자애처럼 어리광을 피워대곤 했다. 학교에서도 곧잘 친구들에게 맞고 와서 성이 난 기수가 몇 번이나 찾아가 복수를 했는지 셀 수가 없었다. 그때만큼은 엄한 기광도 기수를 크게 혼낼 수가 없었다.

"기준이 편식하지 말고 이것도 먹어."

기율이 콩나물 한 젓가락을 덜어 기준의 밥 위에 얹어주고 있었다. 기광의 시선이 기율에게로 옮겨갔다. 역시 가장 신경이 쓰이는 건 누이동생 기율이었다.

당장 내년이면 세상 누구보다 바쁜 고3이 된다. 그런데도 아직 집안 살림과 동생들을 돌보느라 학원 하나 제대로 다니지 못하고 있다니. 그러면서도 줄곧 상위권의 성적을 유지하는 것이 기광에게는 그저 기특하고 고마울 뿐이었다.

"천기준."

"네, 큰형!"

기준이 즉각 숟가락을 내려놓더니 고개를 번쩍 들고 10살 많은 큰형에게 존댓말로 대답했다. 두 눈을 동그랗게 뜬 그 귀여운 모습에 기율이 웃음을 못 참고 고개를 살짝 돌리고 있었다.

"누나 방에서 자지 말라고 분명히 말했었지?"

"네."

"초등학교 5학년이나 돼서 계속 그럴래?"

기준이 대답을 못하고 우물거렸다. 두 눈에는 벌써 눈물이 고이려 하고 있었다. 기수가 팔꿈치로 기준을 쿡 찌르며 한마디했다.

"네가 그 꼴이니까 빙신같이 맞고 다니는 거야."

"기수 넌 조용히 밥이나 먹어. 눈은 밤탱이가 돼갖고 뭘 잘했다고 큰소리야?"

기율이 눈을 험악하게 뜨고 말했다. 기수는 뚱한 얼굴로 입에 밥을 한가득 퍼 넣었다.

기광이 기준에게 말을 이었다.

"내년이면 6학년이야. 그때부턴 말로 안 한다. 말 안 들으면 형한테 맞는 거야. 알았어?"

"……"

"알았냐고?"

"흑… 으흑……!"

때리겠다는 말에 겁을 먹은 기준이 대답 대신 질질 짜기 시작했다. 기율이 토닥이려는 걸 손으로 제지하며 기광이 재차 물었다.

"울지 말고 대답해. 알았어?"

"으흑… 누나."

울면서 일어난 기준이 기율의 등 뒤로 가 숨었다. 기광의 얼굴이 돌처럼 굳었다. 기어코 기광은 기준의 밥공기 위에 접시를 덮었다.

"기준이 밥 먹이지 말고 학교 그냥 보내."

기광이 이렇게까지 나오면 기율도 막을 수가 없다. 기율은 맘을 굳게 먹고 자기 등 뒤로 숨어 있는 기준을 밀어냈다.

"누나한테 왜 그래? 네 문제는 네 스스로 해결해야지."

믿었던 누나마저 방패막이 되어주질 않았다. 사태를 파악한 기준은 눈물 콧물을 질질 흘리며 기광의 앞에 넙죽 엎드렸다.

"잘못했어요, 큰형."

"뭘 잘못했는데?"

"앞으로 누나 방에서 안 잘게요."

"정말이야?"

"네."

"사내놈이 한 말 바꾸는 거 아니다."

"네, 으흑……."

"밥 먹어."

기율이 기준의 밥공기를 덮었던 접시를 살며시 치웠다. 기준은 눈물을 훔치며 다시 밥을 먹기 시작했다. 기수가 한심하다는 눈길로 기준을 향해 혀를 끌끌 차다가 기율에게 머리통을 얻어맞았다.

밥을 다 먹은 기광은 서둘러 샤워를 마치고 옷을 입었다. 셔츠의 단추를 다 꿰었을 즈음 기율이 노크를 하고 방으로 들어왔다. 양손에 넥타이와 재킷을 들고 있었다.

"드라이 맡긴 거 찾아왔어. 이거 입을 거지?"

"고맙다, 이리 줘."

"그냥 있어. 구두끈도 제대로 못 매는 솥뚜껑 손 갖고 무슨……"

기율이 까치발로 서서 멀거니 선 기광에게 넥타이를 매주었다. 기광이 집에서 출근할 때마다 늘 있는 일과였다. 기광은 매번 거절했지만 기율은 매번 자기 손으로 오빠의 넥타이를 매어주곤 했다. 가장으로서 고된 하루하루를 보내는 오빠에게 해줄 수 있는 일이라고는 이런 것밖에 없었다.

"잘 됐지?"

"어, 깔끔하다."

기광이 거울을 바라보며 대답했다. 두 팔을 펼친 기광에게 재킷을 입혀주며 기율이 말했다.

"오빠, 요즘 너무 무리하는 것 같아. 일 바쁘고 힘들어도 잠은 어지간하면 집에 와서 자."

"넌 별일 없지?"

"말 돌리긴. 아무 일도 없습니다."

기광이 재킷의 단추를 잠그며 기율 쪽으로 돌아섰다.

"주인집에서 연락 또 안 왔어?"

"응, 아직."

"전세금 신경 쓰지 마. 오빠가 알아서 할게. 그리고 이거 다음 달 생활비."

기광이 돈 봉투를 꺼내 건넸다. 봉투를 받아 안을 들여다 본 기율은 소스라치게 놀랐다. 평소 받아왔던 것보다 두 배 이상의 금액이었다.

"왜 이렇게 많이 줘?"

"남는 거 너 가지라고. 옷이라도 사 입어."

"오, 오빠."

기광이 성큼성큼 나와 구두를 신었다. 잰걸음으로 쫓아 나온 기율이 두 손에 봉투를 꼭 쥔 채 말을 잇지 못하고 서 있었다. 기광은 씩 웃으며 기율의 뺨을 살며시 꼬집고는 현관을 나섰다.

날씨가 우중충했다. 비라도 올 것처럼 하늘이 잔뜩 흐려 있었다. 기광은 핸드폰을 꺼내 대략적인 일정을 확인하고는 바로 성제에게 전화를 걸었다.

―네, 기광이 형.

"사무실로 가지 말고 네코네코 앞으로 나와. 바로 돌자."

―민욱이 데리고 10분 내로 가겠습니다.

"아니, 혼자 와. 몸 사리라는 실장님 말씀도 있고. 민욱이는 사무실 보라고 해."
―네, 형. 좀 있다 뵙겠습니다.
전화를 끊은 기광이 거리 너머로 보폭을 넓혔다. 두 손바닥으로는 양 뺨을 치면서 긴장감을 고조시키고 있었다. 이제부터는 집이 아니라 직장이니까.
성제와 만난 기광은 법적으로 방문이 가능한 8시가 되자마자 일을 시작했다. 상환일이 지나도록 돈을 갚지 않고 전화도 받지 않는 소액채무자들을 방문하는 일이었다.
최근 직원들이 줄줄이 잡혀 들어간 이후로 실장 병욱은 신경이 제법 날카로워져 있었다. 춘식이 징벌을 당하고 그 대신 과장이 된 기광은 혹시라도 터질 사고에 대비해 회사 관리에 바짝 신경을 쓰고 있었다.
기본적으로 아무런 위해를 가하지 않았다고 해도 3인 이상이 방문하면 그것만으로도 불법추심이 된다. 그래서 민욱을 부르지 않았다. 평소라면 무시하고 넘어갔겠지만 지금의 기광은 무엇 하나 소홀히 넘길 수가 없었다.
기광과 성제는 명단에 나온 채무자들을 순차적으로 방문했다. 그리고 사채업자 특유의 기술을 동원해 어르고 달래어가며 돈을 받아냈다.
'이건 일이야.'
새로운 채무자의 집을 방문할 때마다 기광은 속으로 마음

사죄 89

을 다잡았다. 워너머니에 들어와 일을 시작한 이후로 한 번도 빼먹지 않은 습관이었다. 이건 자본주의 세상에서 내가 받은 엄연한 일이다. 세상 무서운 줄 모르고 사채에 손을 댄 인간이 바보인 것이다.

오늘 명단에 오른 채무자들은 단 한 명도 기광의 동정심을 불러일으키지 못했다. 어깨를 축 늘어뜨린 도박 중독자, 집 밖으로 나가길 무서워하는 만년 백수, 명품 가방을 한구석에 잔뜩 쌓아놓고서 매일 라면만 먹고 산다며 선처를 구하는 정신 나간 직장인 여성……. 덕분에 기광은 일하기가 수월했다.

그럭저럭 일을 마치고 나니 어느덧 시간은 정오가 다 되었다. 기어이 흐린 하늘은 가느다란 빗방울을 하나둘씩 떨어뜨리고 있었다.

"기광이 형, 점심 밖에서 먹고 들어갈까요?"

"그래. 뭐 먹을까?"

"저야 형 드시는 걸로 먹으면 돼요. 어, 감자탕 어떠세요? 저기 새로 개업한 것 같은데……."

그때였다.

거리 한가운데에서 기광이 불현듯 걸음을 멈추고 섰다.

혼자 떠들며 앞서 가던 성제가 뒤늦게 알아채고 되돌아왔다.

"형? 왜 그러세요?"

"아니, 아무 것도……."

기광이 말을 얼버무렸다.

그곳은 재경의 분식집 근처 시장가였다. 몇 번이고 다녀갔던 길이기에 잘 알고 있었다. 재경을 납치했던 워너머니의 봉고차는 지금 자신이 밟고 서 있는 길을 통과했을 것이다.

"…기광이 형?"

"저기, 미안한데 사무실로 가서 민욱이랑 먹어라."

"네? 형은요?"

"갑자기 볼일이 생각났어. 이따 보자."

"형! 기광이 형!"

기광은 성제의 부름을 무시하고 발길을 재촉했다. 왜 이러는지 알 수 없었다. 미지의 힘이 그의 발을 잡아끌고 있었다. 거구의 기광이 빠르게 걸어오자 시장가를 오가던 사람들이 저마다 놀라서 뒤로 길을 비켜주었다.

"후우… 후우……."

숨이 가빠올 정도로 빠른 걸음이었다. 기광은 모퉁이를 지나 좁은 골목을 통과했다. 재경의 분식집이 건너편에 그대로 자리하고 있었다.

'역시 그만뒀나.'

가게 문은 닫힌 채였다. 스스로 생각하고도 기광은 우스웠다. 그토록 험한 꼴을 당했는데 무슨 배짱으로 가게를 열겠는

가. 그것도 여자 혼자서.

쏴아아아아!

약했던 빗방울이 갑자기 굵직해지는가 싶더니 소낙비가 퍼부어지기 시작했다.

기광이 비를 피해 뒤쪽 상가의 입구로 들어가 섰다. 갑작스런 빗물에 우산이 없는 행인들이 이리저리 달리고 있었다. 기광의 두 눈은 그 복판을 뚫고 재경의 가게로 나아가 꽂혀 있었다. 아득한 옛 기억이 물밀듯이 밀려들었다.

'씨발······.'

어느 순간 기광은 고개를 떨어뜨렸다. 우연히 재회했던 그 날부터 애써 무시하고 외면하고 있었다. 그 힘겹고 고독한 유년의 시기에 재경으로부터 받았던 온정을 고스란히 짓밟고 뭉개버렸다. 비릿한 응어리가 목젖을 타고 넘어오는 듯했다, 역겨워서 버티기가 힘겨울 정도로.

'너무 늦었어. 내가 뭘 어떻게 해.'

퍼붓는 빗속으로 기광이 발을 내딛었다. 정장이 순식간에 빗물로 질펀하게 젖어들고 있었다. 비에 온몸을 맡긴 채 취한 사람처럼 비틀비틀 기광은 앞으로 걸어 나갔다.

"저기, 잠깐만요."

지척에서 들려오는 목소리.

참으로 오랜만에 들어보지만 누구인지 알 수 있었다. 기광은 발을 움직이지도, 그렇다고 고개를 들지도 못했다. 다만 느낄 수 있었다. 어느새 상대의 우산이 자신에게 쏟아지는 빗물을 막아주고 있었다.

"혹시… 저기……."

기억하지 말아 달라고, 스스로 찾아온 주제에 기광은 간절히 빌었다. 우산도 없이 생쥐처럼 푹 젖은 지금 모습이 부끄럽다. 지금 하고 있는 일이 부끄럽다. 이런 모습으로 네 앞에 나타난 내 자신이, 너에게 그토록 몹쓸 짓을 했던 스스로가 부끄럽다.

"기광이지? 기광이 맞지?"

얼굴을 알아본 재경의 목소리가 단숨에 환해졌다. 기광은 천천히 고개를 들었다. 한 손에는 우산, 다른 한 손으로는 허리에 CCTV 박스를 끼고 재경이 서 있었다. 10년도 넘은 오랜 옛날과 꼭 같은 그 미소를 짓고서.

"잘… 있었어?"

기광이 겨우 입을 떼고 그렇게 물었다. 재경은 힘차게 고개를 끄덕이고는 기광의 팔을 찰싹 때리며 반가워했다.

"그럼! 잘 있었지. 어쩐지, 너 예전에 가게 왔었지? 왜 그때 아는 척 안했어? 나는 긴가민가했어!"

무슨 대답을 할 수 있을까.

기광은 스스로도 어색하게 느껴질 만큼 씁쓸하게 웃었다.

사죄 93

"그때도 덩치가 곰 같더니 진짜 완전 크네! 근사하다, 얘! 이 근처 사니?"

"어… 어."

"무슨 일하는 거야? 지금 일하는 중이니?"

재경이 기광의 정장을 향해 물었다. 기광은 일도 없이 손을 들어 옷매무새를 고쳤다. 사채업자라는 사실을 밝힐 수 있을 턱이 없었다.

"지금 바빠? 안 바쁘면 차라도 한 잔 할래?"

"아니, 바쁜 건 아니지만 지금은 좀……."

기광은 빨리 자리를 뜨고 싶은 마음이었다. 하지만 재경은 기광의 말을 듣지 않고 가게로 팔을 잡아끌었다.

"바쁜 거 아니면 일단 들어와. 어머, 딱 밥 먹을 시간이네. 점심 안 했지? 차 말고 같이 밥 먹으면서 얘기나 해."

"어어어……."

곰 같은 덩치의 기광이 재경에게 어린아이처럼 질질 끌려갔다. 그는 얼떨결에 재경의 가게 안으로 끌려가 한가운데 우두커니 섰다.

"좀 지저분해도 이해해. 요즘 장사를 안 해서 청소를 오랫동안 못했거든."

"아니……. 나는 그다지……."

"서 있지 말고 거기 앉아."

"어."

기광이 얼빠진 얼굴을 하고 의자를 빼 몸을 앉혔다. 공교롭게 일이 이렇게 흘러갈 줄은 생각도 못했다. 아무것도 모르는 재경은 벽에 붙은 식당 전단지를 살펴보며 묻고 있었다.

"뭐 먹을까? 중국집이 제일 빨리 오긴 하는데."

"어, 어. 나는 다 괜찮아."

"그럼 중국집에서 시킨다. 아, 너 오므라이스 좋아했지? 그거 곱빼기로 시킬까?"

"그래……."

기광이 느릿느릿 고개를 끄덕였다. 초등학교 6학년 때였다. 재경과 함께 주번을 했던 어느 하루, 담임이 사준 저녁을 먹은 적이 있었다.

그때 자신이 시켰던 오므라이스를 아직도 기억하고 있었다니. 재경은 씩 웃어보이고는 중국집에 전화를 걸어 음식을 주문했다.

"웃옷 줘."

"어?"

"말려줄게. 열풍기 있어."

"어어……."

기광이 허겁지겁 웃옷을 벗어 건넸다. 받은 옷을 옷걸이에 걸으면서 재경이 말을 이었다.

사죄 95

"거의 10년만이다. 그치? 중학교 올라가면서 못 봤잖아."
"그러네."

기광이 넥타이를 슬며시 풀며 대답했다. 중학교 1학년이 되자마자 할머니가 돌아가셨다. 그때부터 기광은 가장이 되어 생활전선에 뛰어들었던 것이다.

"참 반갑다. 우리 진짜 재밌게 놀았는데, 응? 맞다, 맞다. 너 소풍날 기억나니? 2반 애들이 나한테 물총을 쐈다고 네가 복수해줬잖아. 화장실에 걸레 빤 물 넣어서……. 에그! 생각만 해도 더럽다!"

"하하하……."

주문한 음식이 도착하고 다 먹을 때까지도 재경은 쉴 새 없이 옛 추억에 대해 떠들어댔다. 기광은 이따금 희미한 웃음과 짤막한 대답으로 장단을 맞춰주면서 넘어가지 않는 오므라이스를 묵묵히 먹었다.

1초… 1분……. 시간이 갈수록 재경에 대한 기광의 죄책감은 급격하게 불어나고 있었다. 재경의 말을 들으며 추억들이 더없이 확실해졌다. 부모님을 갓 여의자마자 기광은 초등학교 5학년이 되었고 재경을 짝꿍으로서 만났다.

―너 또 싸워! 자꾸 싸우면 너랑 안 놀 거야!

―숙제 빨리 안 하고 계속 장난만 칠래? 도와줄 테니까 얼른 문제 풀어. 집에 혼자 가고 싶진 않지?

─기광아, 내 김밥 같이 먹자. 음료수도 있어.

─기광이 잘못 아니에요, 선생님! 쟤들이 절 괴롭혀서 기광이는 막아준 것뿐이에요! 기광이 혼내지 마세요, 선생님!

지금 눈앞의 재경처럼 그때의 재경도 착하고 씩씩했다. 아무리 힘들어도 웃음을 잃을 줄 몰랐다. 외롭고 가난하고 성질 짓궂은 자신을 언제나 변함없이 대해주었다. 지금 생각해 보니 재경 이외에는 친구라고 부를 만한 사람도 없었다.

모든 것이 확연해졌다. 기광은 자신이 얼마나 돼먹지 못한 짓을 재경에게 저질렀는지 뼈저리게 깨달았다.

"왜 그렇게 말이 없어?"

"…아니."

"오므라이스 맛없어? 여기 잘하는데? 어디."

재경이 한 숟가락을 퍼 자기 입에 넣고는 우물거렸다. 이어 '맛있는데?'라며 고개를 갸웃거리는 그녀를 보고, 기광은 하마터면 부모님이 돌아가신 이래 한 번도 흘린 적이 없는 눈물을 터뜨릴 뻔했다.

밥을 다 먹고 재경이 커피를 타왔다. 잔의 온기를 손안에 느끼며 기광이 CCTV 박스로 눈짓을 보냈다.

"저건 웬 거야?"

"가게에 설치하려고. 최근 좀 안 좋은 일이 있었거든. 말하자면 좀 긴데, 아무튼 그래."

말을 마친 재경이 배시시 웃으며 커피를 홀짝였다. 기광은 또다시 숙연해졌다. 그런 일을 당하고도 다시 가게를 열려고 하는 재경의 의지 앞에서 고개를 들고 앉아 있기가 버거웠다.
"내가 설치해 줄까."
기광의 말에 재경이 잔을 내려놓고 반색을 했다.
"어머, 진짜? 할 줄 알아?"
기광이 옷소매를 걷어 올리며 일어섰다.
"밥값은 해야지. 우리 사무실 것도 내가 설치했거든. 위치나 잡아줘."
"어? 어, 그래! 난 이쪽 TV 위로 달까 하는데 어때?"
"내가 보기에 그쪽보단 이쪽이 나을 것 같은데."
말을 하면서도 기광은 부지런히 박스를 해체시키고 있었다.
"그럼 알아서 해줘. 이런 건 전문가님께 맡겨야지."
"그 정도는 아냐."
"여전히 똑같네, 기광이는."
"어?"
"말 없고, 무뚝뚝하고… 착하고."
전선을 풀던 기광의 손이 일순 멈췄다. 보이지 않도록 입술 끝을 살며시 깨물고서 기광은 CCTV 설치 작업을 서둘렀다. 재경은 두 손에 턱을 괸 채 싱글거리며 그 광경을 지켜보고 있었다.

시간이 흘러 설치가 끝났다. 기광은 기계에 이상이 없는지 꼼꼼하게 시험까지 끝마치고 웃옷을 챙겼다. 재경이 따라 일어섰다.

"벌써 가게?"

"사무실 들어가 봐야 돼서."

"전화번호 알려줘."

재경이 핸드폰을 꺼내들었다. 기광은 내키지 않는 손길로 핸드폰을 꺼내 번호를 교환했다.

"언제 지긋하게 저녁이라도 먹자."

"그래."

"생각나면 문자 보내고 전화하고."

"그래."

"넌 '그래' 밖에 할 줄 모르니?"

"아니……."

재경이 눈을 흘기다 말고 픽 하고 웃음을 터뜨렸다. 그러더니 기광의 등을 가볍게 밀며 말을 이었다.

"됐어, 바쁜 것 같은데 얼른 들어가 봐. CCTV 설치 너무 고마워. 덕분에 살았다. 그리고 얼굴 봐서 너무 좋았어."

"갈게, 수고해."

기광이 출입구로 한 걸음을 내딛었을 때였다. 한 발 먼저

문이 벌컥 열리며 채빈이 들이닥쳤다.
"어머, 채빈아."
"뭐야, 진짜네? 세만이 형이 가게 열었다고 해서 거짓말인 줄 알았는데!"

소리치면서 들어선 채빈의 시선이 기광에게로 옮겨갔다. 두 남자의 시선이 지척에서 마주쳤다. 그리고 두 사람 모두 거의 동시에 한쪽 눈을 찌푸렸다.

먼저 표정을 푼 건 기광이었다. 그의 주머니 속에서 핸드폰이 진동하고 있었다. 실장 병욱의 전화였다.

"네, 실장님."

기광이 전화를 받는 한편 재경에게 눈으로 가벼운 인사를 남기고는 서둘러 가게를 떠났다. 채빈은 문간에 서서 작아지는 기광의 뒷모습을 한참이나 바라보았다.

"채빈아, 왜 그래?"
"저거 전에 왔던 그 인간 아냐?"
"맞아, 내 초등학교 친구야."
"친구?"

채빈이 의외라는 얼굴로 재경을 돌아보았다. 바로 직후, 한 줄기의 기억이 섬광처럼 그의 눈앞을 스쳐지나갔다.

'설마?!'

언젠가 쓰레기 나뒹굴던 문래동 공단의 어두운 거리가 떠올랐다. 그곳에서 펼쳤던 짧지만 격렬했던 싸움이 뇌리를 강타하고 있었다. 지금 나간 남자와 몹시도 흡사한 거구의 마스크를 쓴 사내. 10년 내공에 맞먹는, 혹은 그 이상의 괴력으로 시그너스 아머까지 찌그러뜨렸던 괴물 같은 남자가 채빈의 머릿속을 지배하고 있는 것이었다.

"진짜 누나 친구 맞아?"

채빈이 재차 물었다.

재경이 기이하다는 눈초리로 바라보며 고개를 끄덕였다.

"왜 그러는 거야?"

"아니, 아니야……."

프라이어에게 부탁해 조사해 보면 될 일이다. 채빈은 뒷머리를 긁적이다가 일시에 웃으며 화제를 바꿨다.

"아무튼 누나, 이제 기운 차린 거야?"

"응, 덕분에."

"그건 좋은데……. 가게 괜찮겠어?"

"괜찮아, 보초도 만들어 놨고."

재경이 CCTV를 가리키며 대답했다.

고작 CCTV 정도로 뭘 안심할 수 있겠냐고 하려다가 채빈은 웃고 말아버렸다. 프라이어의 분신 2명 정도를 가게에 상시 대기시켜 두면 큰 문제는 없을 것이다.

재경이 청소를 시작한 사이 채빈은 지하의 작업장으로 가

프라이어에게 명령을 내렸다. 하나는 다시 가게를 시작한 재경을 지켜달라는 것, 또 하나는 덩치 큰 남자에 대한 조사였다. 명령을 받은 프라이어는 즉각 빛의 형태로 탈바꿈해 작업장을 나섰다.

"안녕하세요, 실장님."
호출을 받고 사무실로 돌아온 기광이 허리를 숙이며 인사했다. 병욱이 보던 신문지를 거두고 안경을 치켜 올리며 기광을 맞았다.
"그래, 기광이. 별일 없었지?"
"네."
"점심은?"
"먹고 왔습니다."
"거기 앉아."
기광이 소파에 몸을 앉혔다. 푹신한 소파가 거구에 눌려 푹 꺼져들었다. 시선이 눈앞의 탁자 위로 향했다. 샴푸, 비누, 치약 따위가 든 큼지막한 종합 선물세트 하나가 놓여 있었다.
"왜? 갖고 싶냐?"
"아닙니다."
"네 건 따로 있어. 그깟 샴푸랑 비누나 든 거 어디다 쓰냐. 박스나 좆나게 크지 실속도 없는 거."

그렇게 중얼거리며 병욱이 다가왔다. 그는 종합 선물세트를 열고 가장 큰 샴푸 하나를 꺼냈다. 그러고는 주머니에서 하얀 돈 봉투를 꺼내 빈자리에 넣고 도로 샴푸를 끼워 넣었다.

"알지? 생활안전과."

"네, 실장님."

"너 말고 누가 가겠냐. 확실히 하자면 내가 가는 게 맞긴 한데, 요즘 좀 뒤숭숭해서 대신 수고 좀 해줘야겠다."

"지금 바로 다녀오겠습니다."

기광이 박스를 챙겨 쇼핑백에 넣고는 바로 일어서려 했다. 병욱이 한 손을 들어 제지시켰다.

"좀 어때? 재구가 데리고 왔다는 두 다리 밑 애새끼들 말야. 쓸 만해?"

"아직 잘 모르겠습니다. 적어도 민욱이만큼은 할 것 같습니다."

병욱이 킬킬거리며 담배를 꺼내 물었다.

"너만 한 애들은 바라지도 않아. 성제만 한 형제님들이라도 좀 많이 들어와야 하는데. 잔머리 잘 굴리고, 어? 기민하고 말이야."

기광이 소리없이 엷게 웃었다. 자욱한 담배 연기를 한 움큼 토해내며 병욱은 말을 계속했다.

"그 붕어빵 아가씨는 계속 주시하고 있는 거야?"
"아……."
기광이 자기도 모르게 침음을 흘렸다. 그 순간을 놓치지 않고 병욱이 안경 너머에서 두 눈을 가늘게 떴다.
"아, 가 뭐야?"
"아닙니다. 네, 그러니까… 주시하고 있습니다."
"그래. 다음번엔 확실하게 가자고. 우리 형제님들 깐 새끼도 잡아서 다리를 분질러 놔야지. 그만 가봐."
병욱이 손을 휘휘 저으며 소파에서 일어섰다. 자기 자리로 돌아가던 그는 문득 기묘한 위화감을 느끼고 돌아섰다.
"너 뭐하나?"
병욱이 붕어처럼 두 눈을 깜박이며 물었다.
기광이 움직일 줄을 모르고 석상처럼 그 자리에 가만히 서 있는 것이었다.
"어이, 형제님. 뭐하냐고?"
"저, 실장님."
"뭐야? 할 말이 있었던 거야? 어려워 말고 말해봐."
병욱이 실실거리며 손을 흔들어 재촉했다. 한편으로는 좀처럼 볼 수 없었던 기광의 망설임에 심상치 않은 기색을 느끼고 있었다.
'말하자.'

기광이 침을 꿀꺽 삼키며 마음을 다잡았다.

이 말을 토해내고 나면 상황은 걷잡을 수 없게 악화될지도 모른다. 그래도 어쩔 수가 없었다. 비루한 삶과 동생들의 얼굴이 떠오르지 않는 것도 아니었지만, 기광은 끝내 결심을 굳히고 고개를 번쩍 들었다.

"실장님."

"어서 말해. 뭐냐고."

"그 여자……. 놔두면 안 되겠습니까?"

"뭐?"

침음 같은 질문 뒤로 정적이 일었다.

지붕 끝의 빗방울이 떨어져 창가에 부딪치는 소리만 크게 들려오고 있었다. 병욱은 입을 반쯤 벌린 채 멍하니 서 있었고, 기광은 떨리는 입술을 악문 채 두 눈을 내리깔고 있었다.

"무슨 관계야?"

병욱이 뿔테 안경을 벗으며 물었다. 이미 얼굴에서는 특유의 서글서글한 웃음이 완전히 사라진 뒤였다.

"무슨 관계냐고 묻잖아."

기광이 짤막하게 대답했다.

"초등학교 동창입니다."

"허어?"

병욱이 헛웃음을 토하며 웃옷을 벗었다.

옷걸이에 옷을 걸치려 돌아서자 셔츠 속으로 등 전체에 새겨진 귀신의 얼굴이 기광을 노려보았다.

"그래서?"

"네?"

기광이 질문의 의미를 파악 못하고 되물었다.

병욱이 저벅저벅 다가와 코앞에서 기광을 살짝 올려다보며 재차 물었다.

"동창이라서 뭐 어쩌라는 거야? 그게 다야?"

기광이 두 눈을 질끈 감고 대답했다.

"…마음에 둔 여잡니다."

"안 들려."

"제가 좋아하는 여잡니다."

빠악!

날아든 주먹이 기광의 콧잔등에 거칠게 꽂혔다.

통증으로 비틀거리는 기광의 복부로 연달아 발길질이 날아들었다. 피할 수 있었지만, 기광은 가만히 서 있어야만 했다.

퍼어억!

'흡!'

비명을 밖으로 내뱉지 않고 삼켰다.

그러나 별개로 명치 밑을 가격당한 고통은 극심했다.

기광의 한쪽 무릎이 풀썩 꺾였다. 병욱은 다른 쪽 다리의 정강이를 걷어차 기광을 침몰시켰다. 그러고는 무너진 기광의 옆구리를 있는 힘껏 걷어찼다.

빠아아악!

"큭."

미처 제어하지 못한 신음의 끝자락이 목젖을 뚫고 새어나왔다. 병욱이 씩씩거리며 주위를 둘러보더니 벽으로 다가가 걸려 있던 목검을 집어 들었다.

"이 씨발 새끼!"

빠가각!

단단한 목검이 등짝을 강타했다. 기광이 대 자로 바닥에 고꾸라졌다. 병욱은 넥타이를 찢듯이 풀어 내던지고는 미친 사람처럼 목검을 휘둘러 기광을 두들겨 패기 시작했다.

빠가각! 빡! 빠가각!

"개새끼! 엿 같은 새끼! 씨발놈이 사람 한 순간에 씹병신을 만드네! 망할 놈의 새끼! 왜 진작 말 안 했어, 좆같은 형제님 새끼야! 너도 춘식이 따라서 기도원 갈래?!"

빠직!

수십 대를 때린 끝에 목검이 부러져 두 동강이 났다.

병욱은 새빨갛게 달아오른 눈을 부라리고 이리저리 둘러

보더니 자기 책상 뒤로 가 골프채를 꺼내들었다.

"시, 실장님! 참으세요!"

바로 그때, 살며시 열린 문틈에서 지켜보고 있던 성제와 민욱이 사색이 되어 뛰어들었다. 병욱이 골프채를 들어 그들의 코끝을 가리키며 으르렁거렸다.

"골통 빠개지고 싶지 않으면 전부 당장 꺼져!"

성제와 민욱이 울 것 같은 얼굴로 벌벌 떨며 기광을 내려다보았다. 피투성이가 된 기광이 병욱 몰래 나가라는 눈짓을 해 보이고 있었다. 결국 성제가 민욱을 붙잡아 끌고 사무실을 도로 나갔다.

빠아악!

병욱이 휘두른 골프채가 날아들었다. 기광이 두 눈을 부릅뜨고 이를 악물었다. 목검과는 차원이 달랐다. 골프채로 얻어맞자 고통이 뼛속까지 신랄하게 전해져 왔다. 정신을 놓을 것만 같은 아픔 속에서 기광은 잇몸에서 피가 나오도록 이를 악문 채 몸을 웅크렸다.

"하악! 학! 학!"

병욱이 거의 20대를 두들겨 패고 나서야 골프채를 거두고 거칠어진 숨을 골랐다. 그는 한구석으로 아무렇게나 골프채를 내던지고는 기광의 멱살을 붙잡고 일으켜 세웠다.

"하아……. 이 씨발놈아! 왜 진작 말을 안 했어!"

"죄송합니다, 실장님."

"허억, 씨발……. 어쩐지… 이런 일이 없었으면 천기광이 새끼가 일을 그르쳤을 리가 없지. 최선을 다하지 않았으니까 일이 엿같이 틀어졌지. 안 그래, 이 형제님 새끼야!"

병욱이 소리치며 기광을 확 밀어냈다. 밀려난 끝에 벽에 등을 부딪친 기광은 가까스로 몸을 가누고 힘겹게 섰다.

"후우……!"

병욱이 셔츠를 벗어던지고 자기 자리로 가 앉았다. 담배를 꺼내 물고 불을 붙인 그는 필터 끝까지 불이 타들어가는 동안 한 마디 말도 꺼내지 않고 있었다.

"어쩔 거야?"

두 개비 째의 담배를 꺼내며 병욱이 물었다. 어느 정도 이성을 되찾고 침착해진 그 얼굴을 향해, 기광은 작지만 또렷한 목소리로 말했다.

"그 여자에 관한 일만 빼고 뭐든지 시키시는 대로 하겠습니다."

"뭐든지? 내가 당장 너 전셋집 빼버리고 길바닥으로 쫓아낼 수도 있어."

"알고 있습니다."

"씨발 새끼가. 알긴 뭘 알아."

병욱이 담배를 비벼 끄고 두 손바닥에 얼굴을 묻었다. 기광의 피로 물든 그의 두터운 손가락 사이에서 맥 빠진 원망의 목소리가 새어나왔다.

"네가 나한테 이러면 안 되지, 새끼야."

"죄송합니다."

"네가 어떻게 나한테 이래. 왜 진작 말 안 하고 사람을 죄인 만드냐?"

"면목이 없습니다."

기광의 사과는 진심에서 우러나오고 있었다. 병욱은 진정으로 은인이었다. 병욱이 없었으면 자신은 감방에 들어갔을 것이고 세 동생들은 극심한 생활고에 시달렸을 것이다.

병욱과 처음 만났을 때가 기광의 머리에 떠올랐다. 이런저런 막일을 거쳐 불법 안마시술소에서 일하던 때였다. 기광은 혈기를 누르지 못하고 시비를 걸어 온 어떤 손님을 두들겨 패고 말았다.

꼼짝없이 쇠고랑을 차야 할 위기였다. 그 찰나, 종종 업소에 드나들던 한 손님이 대신 합의금을 내주고 문제를 해결해 주었다. 그가 바로 병욱이었다.

─합의금 갚으란 말은 안 할 거야. 구질구질하게 일하지 말고 내 밑에 들어올래? 돈 받는 일인데 간단해.

포장마차에서 잔에 소주를 가득 따르며 병욱은 그렇게 말했었다. 더 고민할 것도 없이 기광은 그러겠노라고 고개를 숙이며 수락했다.

기광이 일을 시작하고 1개월이 채 지나기도 전에 병욱은 동생들을 잘 돌보라며 전셋집까지 구해주었다. 기광은 더욱 몸을 던져 일했고, 그렇게 오늘까지 병욱의 신임을 한 몸에 받아왔던 것이다.

"그만 돌아가서 쉬어."

병욱의 목소리에 기광이 상념에서 깨어났다.

"며칠 푹 쉬어. 생활안전과는 다음 주에 가고."

"실장님……."

"씨발, 내가 졌다. 송충이는 송충이나 처먹고 살라 이거지. 기광이 덕분에 아주 정신이 번쩍 들었어."

"정말 죄송합니다."

"아가리 고만 털고 가봐. 다음 주에 웃는 얼굴로 보자고. 앞으로 일 얼마나 잘하는지 두고 보겠어."

병욱이 의자를 빙글 돌려 돌아앉았다. 등 뒤에 대고 다시 한 번 깊숙이 허리를 굽혀 인사한 다음 기광은 조용히 사무실을 나왔다.

"기, 기광이 형? 괜찮아요?"

복도에서 기다리고 있던 성제와 민욱이 한달음에 달려왔다. 기광이 씁쓸히 웃으며 고개를 끄덕거렸다.

"병원 가 보셔야 하는 거 아니에요?"
"뼈는 다 피해서 때리셨어. 파스나 좀 붙이고 쉬면 돼."
"그래도……"
"그건 됐고, 며칠만 성제 네 방에서 신세 좀 져야겠다. 동생들에게 보이기가 좀 그래서."
"신세는요, 무슨. 지금 바로 모셔다 드릴게요."
성제와 민욱이 양 옆으로 나뉘어 기광의 팔을 잡고 부축했다. 기광이 거절해도 막무가내였다. 어깨 위로 두툼한 기광의 팔을 걸며 민욱이 중얼거렸다.
"나도 오늘 성제 방에서 자야지."
기광의 몸 저편에서 성제가 발작을 일으켰다.
"넌 왜 와, 찐따야! 그냥 짜져."
"섭섭하게 왜 그러냐. 족발 쏠게."
"작은 거 시켜놓고 저번처럼 또 혼자 다 처먹게? 아니, 야 지금 아예 나한테 돈을 내놔. 내가 특대로 시키게."
"이따가 저녁에 줄게."
"뭘 저녁에 줘. 입 싹 씻으려고. 네 말은 쌀로 밥을 한다고 해도 안 믿어, 병신아."
"하하하하."
기광이 소리 내어 천장을 향해 웃음을 터뜨렸다. 꽉 막혀 있던 가슴이 단번에 뻥 뚫린 기분이었다. 청량한 해방감 속에서 기광은 오래도록 웃음을 그치지 않았다. 그들이 엘리베이터에 탄 직후, 창가에 머물러 있던 빛 덩어리의 프라이어도 허공을 날아 채빈에게로 되돌아갔다.

제4장

회
복

이계
마왕성

'주방 청소는 다 끝냈고…….'

재경은 두 손으로 행주를 쥐어짜며 눈으로 가게 구석구석을 확인했다. 어제 밤늦도록 청소한 보람이 있어 몰라보게 깨끗해졌다. 이제 바닥 한 번 쓸고 탁자만 좀 닦아주면 당장 장사를 시작해도 될 만했다. 필요한 식자재도 주문해 오전 일찍 받아뒀다.

끼이익!

문 앞에서 스쿠터 멈추는 소리가 들려왔다. 재경은 소리만으로도 상대가 누구인지 깨닫고 젖은 손을 앞치마에 닦으며 맞으러 나갔다.

"이제 와?"

"어, 좀 늦었지. 아우, 팔 떨어지는 줄 알았네."

채빈은 왼손으로 큼지막한 김치통을 들고 오른손으로만 스쿠터를 몰고 온 참이었다. 다리를 놓는 곳에도 2개의 김치통이 추가로 놓여 있었다.

"우아, 소스가 이렇게 많아?"

재경은 예전과 마찬가지로 25kg 정도의 소스를 가지고 올 것이라고 예상했었다. 하지만 지금 채빈이 가지고 온 소스의 양은 그 2배는 됨 직했다.

"50kg야. 이제부터는 일주일에 이만큼씩 떼어올 수 있어."

채빈이 말했다. 3서클의 마법력을 얻게 되면서 소스의 제조량이 2배로 증폭된 결과였다.

"엄청 많다……!"

"헤헤, 짱이지? 10kg에 130만 원씩 계산해서……. 와우! 누나랑 나랑 일주일에 650만 원씩은 무조건 벌어들이는 거야. 누나 부자되는 거 순식간이라고."

채빈이 가게 주방으로 김치통을 옮겨놓았다. 무엇이 그렇게 신나는지 연신 콧노래를 부르면서. 채빈의 스쿠터 시동을 대신 꺼주며 재경도 조용히 웃고 있었다.

"다 잘 될 거야, 누나."

"그래야지."

"그래야지가 아니라 그래. 날 믿어. 아무 일도 없을 거야."

채빈은 재경을 격려하면서 기광을 쫓아갔던 프라이어의 보고를 떠올렸다. 역시 그놈은 사채업자였다. 나아가 문래동 공단에서 일대일로 전투를 치렀던 괴물과 동일 인물이리라고 채빈은 결론을 내리고 있었다.

그러나 중요한 건 그 점이 아니었다. 더 이상 워너머니가 재경을 건드리지 않으리라는 확신이 선 것이다. 간사한 사채업자들 마음이 또 언제 변할지 알 수는 없는 노릇이지만, 어쨌든 예전만큼 크게 염려할 일은 없을 듯했다. 든든한 경호원인 프라이어도 상시 대기하고 있고.

'동창이었다니.'

끝까지 채빈의 마음에 거슬리는 점이라면 단지 그것 하나뿐이었다. 재경이 기광과 초등학교 동창이었다는 사실이 불쾌했다. 게다가 아무것도 모르는 척 재경과 만나서 밥을 먹기까지 하다니. 생각 같아선 콱 재경에게 모든 걸 불어버리고 싶었지만, 일단은 놈의 성의와 재경의 심약한 마음을 위해 참기로 했다.

"누나, 이거 쓰레기 내놓으면 돼?"

"아, 그래. 부탁해."

채빈이 쓰레기봉투를 집어 들고 허리를 폈다. 출입구를 향해 돌아서는데 빛이 들어오지 않았다. 거구가 들어오는 햇빛을 가로막고 있었다.
 '이놈도 양반은 못되네.'
 눈앞의 거구는 기광이었다. 상처와 반창고투성이의 얼굴로 가게 여기저기를 기웃거리고 있었다. 냉장고의 식자재를 정리하던 재경이 기광을 발견하고 환히 웃으며 주방에서 나왔다.
 "기광이 왔구나! 전화나 주고 오······."
 걸레짝이 된 기광의 얼굴을 보고 재경이 웃음을 지웠다. 기광은 담담한 표정으로 재경을 내려다보며 나직이 입술을 뗐다.
 "할 말이 있어서··· 왔는데······."
 "응? 말해봐. 뭔데? 일단 앉아."
 기광이 손을 내저으며 의자를 빼는 재경을 막았다.
 "그렇게 긴 이야기는 아니고."
 "그래? 뭔데?"
 재경이 궁금하다는 듯 두 눈을 깜박였다. 기광은 등 뒤의 채빈을 슬쩍 돌아보고는 자기 발끝으로 시선을 떨어뜨리고 가느다란 한숨을 쉬었다. 그리고 말했다.
 "아무 일 없을 거야."
 "어? 무슨 말이야, 그게?"

"앞으로 장사하는 데에 아무 문제도 없을 거야."

놀란 얼굴이 된 재경이 허리를 펴고 꼿꼿이 섰다. 채빈은 쓰레기봉투를 들고 가게 밖으로 나왔다. 햇살이 쨍쨍해서 순간 코끝이 시큰거렸다. 가게 안에서 기광의 말은 계속되고 있었다.

"내가 할 수 있는 말은 이것밖에 없어."

"있잖아, 기광아. 뭔 말인지 잘……. 그러니까……."

의혹 어린 두 눈을 파르르 떨면서 재경은 말을 자꾸만 얼버무리고 있었다. 머릿속으로는 무수한 생각이 뒤엉키고 있었지만, 말로 내뱉기에는 어느 것 하나 만만한 게 없었다. 어느덧 기광이 뒤로 물러서고 있었다.

"갈게."

"기광아, 잠깐 얘기 좀……!"

돌아선 기광이 재경의 부름을 등 뒤로 하고 가게를 나섰다. 넥타이를 살짝 풀며 한 걸음 내딛었을 때, 길 너머의 전봇대 옆에 쓰레기봉투를 내려놓고 선 채빈과 기광의 시선이 마주쳤다.

'뭘 쳐다봐, 새끼가.'

채빈이 속으로 이죽거리며 타는 입술을 혀로 적셨다. 공단 앞에서 싸웠던 놈이라고 확신을 하고 나니 얼마간 긴장이 되는 게 사실이었다. 어쨌거나 맨손으로 시그너스 아머를 찌그러뜨린 인간이니까. 10년 내공을 가진 자신과 맞먹는 힘을 가진 괴물이니까.

그때였다. 기광이 두 눈 가득 힘을 주는가 싶더니 채빈을 향해 저벅저벅 다가가기 시작했다. 채빈은 자기도 모르게 두 주먹을 불끈 쥐고 똑바로 섰다.

'왜 이래, 이 새끼?'

짧은 사이에 수많은 추측이 머리를 오갔다. 혹시 이 괴물도 감각으로 나를 기억해 낸 것인가. 그래서 지금 싸움을 걸려는 수작인가.

채빈은 곤란했다. 이 괴물을 상대로 완승을 하려면 마법을 사용하지 않고는 답이 없다. 그러나 여기는 한낮의 도심. 그것도 재경의 가게 앞이다. 이런 상황에서 마법을 사용할 수는 없는 것이다.

코앞까지 다가온 기광이 채빈을 내려다보았다. 채빈도 지지 않고 고개를 들어 그 눈빛에 맞섰다.

바로 그 순간.

부우웅!

난데없이 기광이 주먹을 날렸다.

곰 같은 몸뚱이와는 어울리지 않는 빠른 속도였다.

채빈은 얼굴 위로 날아드는 솥뚜껑 주먹을 피해 살짝 뒤로 물러나면서 손을 들어 주먹을 막았다.

턱!

 기광의 거대한 주먹이 상대적으로 턱없이 작은 채빈의 손아귀에 가로막혔다. 기광이 '이것 봐라?' 하는 눈빛으로 이를 악물며 주먹에 더욱 힘을 주었다. 채빈도 내공을 끌어올려 맞섰다. 맞붙은 두 남자의 손이 힘의 과잉으로 거칠게 진동하고 있었다.

 "두 사람 뭐하는 거야!"

 뒤쫓아 나온 재경이 문간 앞에서 소리쳤다.

 기광이 재경 쪽을 힐끔 보고는 이내 힘을 풀고 주먹을 거둬들였다. 채빈은 여전히 눈앞으로 든 손을 내리지 않은 채였다. 불현듯 기광이 히죽 웃었다.

 "뭡니까, 대체."

 채빈이 치켜든 손으로 주먹을 쥐며 물었다. 내가 확실히 그날의 상대였는지를 확인하려는 것일까.

 기광은 대답하지 않았고 웃음을 거두지도 않았다. 딱히 악의가 느껴지지는 않았지만 정확한 의미를 파악할 수 없는 미묘한 웃음이었다.

 '후후.'

 기광은 끝내 아무 말도 하지 않고 몸을 빙글 돌렸다.

 골목 어귀로 들어서기 직전, 그는 재경에게 잠시 눈길을 주었다. 그리고 또 웃었다, 자신이 재경에 대해 걱정할 일은 전혀 없겠다고 생각하면서.

"뭐야, 채빈아. 기광이랑 무슨 일 있었어?"

"아무 것도 아냐."

"아니긴 뭐가 아냐. 싸우려고 했잖아!"

"싸우긴 누가 싸워. 손이 엄청 크더라고. 그래서 얼마나 큰지 한 번 대본 거야."

그때였다. 조금 거리를 두고 걸어오고 있는 초등학생 남녀 한 쌍이 보였다. 재경의 가게 단골인 초연과 초연을 짝사랑하는 여민이었다. 채빈은 구원병인 그들을 향해 두 팔을 번쩍 들고 달려갔다.

"니들 오랜만이다! 학교 갔다 오냐?"

초연은 채빈의 인사를 개의치 않고 입에 문 막대사탕을 빼들며 재경에게 물었다.

"뭐예요? 장사 다시 해요?"

"초연아!"

재경이 반색을 하고 초연에게로 뛰어갔다. 재경에게 있어 초연은 그저 애가 아니었다. 사채업자의 공격에서 겁도 없이 함께 맞서준 소중한 친구였다. 재경은 초연의 도톰한 두 뺨을 살며시 꼬집고는 번쩍 들어 품에 안았다.

"지금 뭐하는 거죠?"

초연이 표정 하나 바꾸지 않고 어이없다는 듯이 물었다. 그러거나 말거나 재경은 싱글싱글 웃으며 초연을 안고 가게로 들어섰다.

"언니가 금방 맛있는 거 왕창 해줄게. 오늘 개시는 초연이랑 여민이가 한다! 여민이도 빨리 들어와."

"와, 고맙습니다!"

여민이 함박웃음을 짓고서 뛰어왔다.

초연이 재경에게 안긴 채 어깨 너머로 차갑게 말했다.

"윤여민, 넌 태권도나 가."

"어?"

여민이 문간 앞에 우뚝 서서 얼굴을 찌푸렸다. 여전히 초연의 짓궂은 말 한마디에 걸핏하면 주눅이 들곤 하는 여민이었다.

"왜 멀뚱히 서 있니? 태권도 가라고. 얼른 가서 정아 발차기 받아줘야지."

"왜 그래, 나 진짜 정아랑 안 놀았어."

"어머나, 누가 뭐래? 아무튼 여긴 들어오지 마. 들어오면 내일부턴 얼굴도 안 볼 줄 알아."

"흑……! 으흑……!"

"울어도 소용없어. 빨리 안 가?"

여민이 고개를 푹 수그렸다. 커다란 두 눈에서 닭똥 같은 눈물이 뚝뚝 떨어지고 있었다. 채빈이 여민을 품에 안고 초연

회복 125

을 나무랐다.

"야야, 친구끼리 사이좋게 지내야지. 여민이는 너 좋다고 따라다니는데 네가 그렇게 말하면 얼마나 마음이 아프겠냐?"

"친구 아니거든요? 그리고 애들 취급하는 그 말투 기분 상당히 나쁘거든요?"

"아, 오빠는 그런 뜻이 아니고……. 야, 근데 넌 무슨 여자애가 말 한마디를 안 지려고 드냐?"

"여자애는 말하면 안 되나요? 성차별적 발언이에요."

"와, 그래 너 잘났다. 떡볶이나 실컷 먹어라."

기가 막혀 할 말이 궁색해진 채빈이 혀를 내두르고 물러났다. 주방으로 들어선 재경은 밀가루 포장을 뜯으며 쿡쿡 웃고 있었다. 초연과 여민이 들어와 앉아 있는 광경을 보니 비로소 실감이 났다. 정말로 장사가 시작된 것이다.

"빨리 붕어빵 3마리만 줘요! 도대체 그동안 가게는 왜 쉬었던 겁니까? 아, 밀지 좀 마세요!"

"언니! 가게 그만둔 줄 알고 엄청 쫄았네! 나 매일같이 기다렸으니까 1마리 서비스 줘요! 꺅, 어딜 만져요!"

"이 사람들 왜 줄을 무시하고 이래! 나부터라고!"

수십 명의 손님이 가게 앞에서 기나긴 행렬을 이루고 있었다. 그간 붕어빵을 먹지 못해 금단증상이라도 있었는지 하나

같이 두 눈가에 한이 맺혀 있었다.

"네네, 금방 드릴게요! 아, 떡볶이는 안으로 오세요!"

채빈과 재경은 혼이 다 나갈 지경이었다. 장사를 시작한 지 2시간도 채 지나지 않은 상황인데 벌써 소문이 거리 전체에 퍼진 듯했다. 1명의 손님이 붕어빵을 우물거리며 거리 너머로 사라지면 곧바로 2명의 손님이 아귀 같은 얼굴을 하고 미친 듯이 뛰어오는 것이었다.

"누나, 세만이 형 아직도 멀었대?"

"전화했어. 머리만 감고 금방 온대."

오래도록 휴업했던 탓에 손님들은 끝을 보이지 않고 물밀듯이 밀어닥치고 있었다. 너무 바빠서 세만의 지원사격이 절실했다.

"이크, 늦었습니다."

얼마 못가 세만이 숨을 헐떡이며 나타났다. 급하게 나왔는지 말리지 못한 머리에서 물이 똑똑 떨어지는 데다 셔츠는 거꾸로 입고 있었다. 신고 있는 슬리퍼도 짝짝이였다.

"왜 이렇게 늦었어요?"

앞치마를 두르며 세만이 대답했다.

"그러게 말입니다. 간밤에 페이트를 복습하다 보니 늦잠을 자버렸네요. 토오사카 린쨩은 매력이 넘친다는."

"아, 모르겠어요! 얼른 반죽이나 좀 부탁드려요!"

"라져."

세만의 지원이 시작되자 일이 수월해졌다. 한동안 쉬었음에도 불구하고 음식을 만드는 세만의 실력은 전혀 녹슬지가 않았다. 덕분에 재경과 채빈은 비로소 한숨을 돌리고 얼마간 여유를 되찾을 수 있었다.

저녁 6시가 다 되어 장사는 끝이 났다.

이제는 더 팔고 싶어도 팔 수가 없었다. 모든 재료가 동이 나버린 것이다. 붕어빵은 물론이고 떡볶이, 오뎅, 순대, 라면까지 전멸이었다.

"어머, 금고가 안 닫혀!"

재경이 행복한 비명을 내질렀다. 눈으로만 봐도 역대 최고 매상을 기록했음을 알 수 있었다. 닫히지 않은 금고의 틈새로 지폐 다발이 비죽비죽 머리를 내밀고 있었다.

세만이 가게 셔터를 내리며 너스레를 떨었다.

"사장님, 오늘 한번 쏘셔야 하는 거 아닙니까? 매상도 좋고 간만에 이렇게 모였는데 파티라도 하죠."

재경이 살며시 눈을 흘겼다.

"이럴 때만 꼬박꼬박 사장님이군요. 좋아요. 무슨 파티 할까요? 뭐 드시고 싶으세요?"

"저야 뭐 소주만 있으면 되니까 채빈이랑 결정하세요."

"으이구, 그놈의 술. 채빈아, 뭐 먹고 싶어? 시간은 돼?"

"어, 괜찮아. 나도 뭐든지 좋은데."

"고기 어때? 다 좋아하잖아. 일단 나가자."

"고기 먹을 거면 문 닫고 여기서 먹어도 좋은데. 난 가게에서 먹는 게 조용해서 좋더라고."

"그럴까? 알았어, 정육점 갔다 올게."

"그럼 저는 소주 사러."

"나는 테이블 세팅하고 있을게."

세 사람이 저마다의 역할을 향해 흩어졌다. 채빈이 김치와 야채, 쌈장을 테이블에 늘어놓고 수저를 챙기려는 즈음 세만이 소주와 맥주를 잔뜩 사들고 돌아왔다.

채빈이 어이없어하며 물었다.

"그걸 누가 다 마셔요?"

"두고두고 마시면 돼."

잠시 후 재경이 두툼한 쇼핑백을 양 손에 들고 낑낑거리며 돌아왔다. 삼겹살에 목살은 물론이고 차돌박이 따위의 쇠고기도 한가득이었다.

"줄줄이 왜 이래? 고기는 또 왜 이렇게 많이 샀어?"

"두고두고 먹으면 되지."

"아니, 이분들 오늘 왜 이러신대?"

지글지글 고기 익는 소리와 함께 파티가 시작되었다.

간만에 모이는 자리였지만 예전과 변함없이 화기애애했

다. 쉴 새 없이 오가는 가벼운 대화 속에서 분위기는 한껏 무르익고 있었다. 세 사람은 연신 웃음을 터뜨리며 깨지도록 머리 위로 잔을 맞부딪쳤다.

"소맥 한 잔씩 합시다, 소맥."

삼겹살을 모조리 해치우고 차돌박이를 올릴 때 세만이 제안했다. 재경이 거부할 새도 없이 채빈이 재빨리 컵을 가져왔다. 소주를 적당히 붓고 그 위에 맥주를 따르려 하는데 세만이 빼앗아들며 말했다.

"시시하게 만들고 있어. 회오리를 가미해야지."

"회오리요?"

세만이 소주가 담긴 컵에 맥주를 가득 따르고는 티슈로 위를 덮었다. 그러고는 손아귀로 컵을 잡고 팔을 비틀며 뻗었다. 컵 안의 술이 맹렬하게 휘몰아치면서 티슈가 푹 젖었다.

"아싸!"

세만이 젖은 티슈를 벽에 냅다 던지며 소리쳤다. 벽에 찰싹 붙은 티슈를 가리키며 그가 부연 설명을 했다.

"이것 역시 맛을 올리기 위한 중요한 과정이지."

"파티 끝나고 청소는 세만 씨가 하면 되겠어요."

"청소 걱정일랑 마시고, 사장님 먼저 한잔하시죠."

세만이 폭탄주를 재경 앞으로 쓱 밀어주었다. 채빈이 코앞에서 손뼉을 치며 '원 샷'을 외쳐 댔다. 조금은 질린 얼굴로 컵 안을 들여다보던 재경은 이내 결연한 얼굴로 컵을 들어 벌컥벌컥 마시기 시작했다.

"끄으……. 독해!"

어렵사리 한 컵을 다 마시고 난 재경이 토할 것 같은 얼굴로 제 입을 틀어막았다. 세만이 윙크와 함께 엄지손가락을 내밀어 보였다. 재경은 눈을 부라리며 다 마시고 빈 컵에 새로이 폭탄주를 제조했다.

"세만 씨도 드셔야죠?"

애정이라는 이름의 탈을 쓴 폭탄주가 콸콸 넘치고 있었다.

세만은 주당답게 당황하지 않았다. 그는 진공청소기처럼 단숨에 그 많은 양의 폭탄주를 흡입하고는 태연스레 빈 컵을 채빈에게로 밀었다. 채빈이 식겁하여 뒤로 물러났다.

"저도 마시라고요?"

"왜 너만 빼? 내가 맛있게 만들어 줄게."

"아, 요즘 피곤해서 훅 갈 거 같은데."

거절할 수 있는 분위기가 아니었다. 채빈은 자신 없다는 투로 고개를 이리저리 흔든 끝에 두 눈을 질끈 감고 폭탄주를 입에 들이부었다. 귓가로 재경과 세만의 환호가 들려오고 있었다.

"아흐……!"

섞어서 마신 탓인지 술기운은 빠르게 올라왔다. 그럼에도 불구하고 술이 들어가는 속도는 좀처럼 줄어들 줄을 몰랐다. 눈 깜짝 할 사이에 5~6병이 바닥에 나뒹굴고 있었다.

"아, 오늘 술 영 안 받네."

세 사람 모두 자세가 무너지기 시작했다. 세만이 특히 심해서 초반의 자신만만함은 온데간데없이 벽에 뒷머리를 기댄 채 꾸벅꾸벅 졸고 있었다.

"뭐예요, 형. 형이 제일 먼저 쓰러지겠다."

채빈이 팔꿈치로 찌르며 핀잔을 줬다. 세만이 벽에서 머리를 떼고는 실실거리며 중얼거렸다.

"페이트를 보느라고……. 아까 말했지. 토오사카 린쨩은 말투도 너무 귀엽지. 에헤헷, 키스해버렸다……."

"그냥 쓰러지시는 게 낫겠어요."

재경이 턱을 괴고 있던 한 손을 뻗어 세만을 밀었다. 세만은 다시 벽에 뒷머리를 기대어 의미 모를 말을 웅얼거리더니 급기야 코를 골기 시작했다.

채빈이 도리질을 하며 재경과 자신의 잔에 소주를 채웠다.

"채빈아."

"어, 말해."

"나 1년 더 복학 미룰까 싶어."

술을 따르던 채빈이 고개를 들었다.

"학교 빨리 가고 싶다고 했잖아."

"1년만 더 돈 벌려고. 그게 맞는 것 같아. 집도 전세로 좀 옮기고 싶고 그래서……."

더는 누구도 손대지 않는 고기조각이 불 위에서 까맣게 타들어가고 있었다. 채빈은 불을 끄고 부탄가스를 빼내며 고개를 끄덕였다.

"그것도 괜찮지 뭐. 1년 정도야 많이 늦는 것도 아니고. 누나는 현명하니까 알아서 다 잘할 거야. 걱정 안 해."

"고마워."

"뭐가."

"그냥 다."

"하지 마. 자, 건배."

또 한 잔의 술이 두 사람의 목을 타고 넘어갔.

재경이 잔을 내려놓으며 긴 한숨을 뽑았다. 어쩐지 맥이 빠진 모습이었다. 단순히 취기가 올랐기 때문만은 아닌 것 같아서, 채빈이 넌지시 물었다.

"무슨 생각해?"

"어, 잠깐 기광이 생각나서."

"어……."

채빈이 어물거리며 빈 잔을 손끝으로 매만졌다. 안 그래도 할 말이 없는 사항인데 술기운까지 더해 입이 떨어지질 않았다. 물끄러미 바라보던 재경이 피식 웃었다.

"그렇게 복잡한 얼굴 안 해도 되거든?"

"내가 뭘."

"기광이 뭐하는지 내가 눈치 못 챘겠니? 나 바보 아냐."

"……."

채빈은 그저 두 눈을 내리깐 채 테이블 끝을 손가락으로 또드락거렸다. 나서서 말할 수 있는 부분이 아니라는 생각이 들었다.

재경이 헤벌쭉 웃으며 채빈의 어깨를 손가락으로 쿡 찔렀다.

"이채빈, 표정 계속 이상하네?"

"아냐."

"혹시 질투하는 거야?"

"참나, 아니거든."

"후후, 귀여워."

"왜 이래."

재경이 의자째 몸을 질질 끌어 채빈의 옆으로 몸을 밀착시켰다. 코끝으로 밀려드는 향기로운 체취를 들이마시며 채빈은 깨달았다, 재경은 술만 마시면 평소와 달리 곧잘 무방비 비슷한 상태가 된다는 사실을.

"이리 와봐. 착하지."

"자, 잠깐만……. 누나."

거부할 새도 없이 재경이 채빈을 끌어안았다.

재경의 목덜미에 얼굴을 묻은 채로 채빈은 새삼 근심했다. 마음이야 자신 앞에서만 이렇게 되는 거라고 믿고 싶었지만 과연 그럴까. 다른 놈이랑 술 먹다가 이렇게 되면 어쩌지? 그것도 기광이 같은 새끼랑. 생각하다 보니 자기도 모르게 이가 갈리고 낯 위로 그대로 심경이 드러났다.

"힉, 간지러워."

목덜미에 닿은 채빈의 입술이 꿈틀거리자 재경이 흠칫 떨며 킥킥거렸다. 채빈은 정신이 몽롱해졌다. 기광을 향한 괴상한 울화가 취기에 박차를 가하고 있었다. 급기야 채빈은 사고할 능력을 상실하고 재경의 깊게 파인 쇄골 언저리에 입을 맞췄다.

"흑……!"

재경이 소나기 속의 꽃잎처럼 고개를 파르르 떨었다.

"뭐하는 거야……."

재경이 얼굴을 붉히며 끌어안았던 두 팔을 풀었다. 그러자 이번엔 채빈이 재경을 끌어안았다. 새하얀 목덜미에 입술을 들이대고 채빈은 꺼져드는 목소리로 물었다.

"좋아했어?"

"어? 누구?"

"낮에 온 그놈."

"무슨 엉뚱한 소리니? 그냥 친구지."

빨라진 재경의 심장 박동이 채빈에게도 여실히 전해져 왔다. 채빈이 또 한 차례 '쪽' 소리가 나도록 목덜미에 입을 맞췄다. 재경은 몸을 떨며 밀어냈지만 그 손길에 담긴 힘은 약했다.

채빈이 더욱 세게 재경을 끌어안았다. 부드러운 살결과 아찔한 향기가 너무 좋아서 떨어질 수가 없었다.

"취했어?"

"누나가 너무 예쁘니까 이러지."

"무슨 말이 그래……."

재경이 싫지만은 않은 얼굴로 채빈의 헝클어진 머리칼을 쓰다듬었다. 채빈의 몸이 재경을 끌어안은 두 팔과 함께 조금 무너져 내렸다. 고요함 속에서 세만의 코골이가 거세지고 있었다.

"누나."

"어."

"누나는 너무 예쁜 것 같아."

"아까 말했잖아."

"아, 근데 진짜로. 내가 취해서 이러는 게 아냐."

"내일 술 깨고 나가봐. 나보다 어리고 예쁜 애들 많아."

"몇 살 차이도 안 나면서 자꾸 누나 행세하려고 그래."

"까분다, 또."
"누나."
"듣고 있어."
"사귀자."
"술 깨고 말씀하세요."
"안 취했다고."
"네네."
"진짜라니까."
"그럼요. 어련하시겠어요."

재경이 아기를 재우듯 채빈의 등을 토닥토닥 두드렸다. 효과는 몹시도 강력해서 채빈은 금세 입을 벌린 채 고개를 모로 툭 떨어뜨리고 말았다. 재경은 살며시 몸을 떼고 의자를 끌어다 연결시켜 채빈을 눕혔다.

쌕쌕거리며 깊은 잠에 빠진 채빈을 보며 재경은 속으로 바랐다. 내일 일어나면 아무 것도 기억하지 말기를, 지금까지처럼 변함없이 언제고 곁에 머무를 수 있도록. 정말로 좋아하는 사람이니까.

―*속보입니다. 미국 뉴욕의 자유의 여신상이 한국 시간으로 오전 8시 20분 경 원인을 알 수 없는 사고에 의해 반파되었습니다. 현재 피해 규모를 파악하는 상황으로……*.

"으으, 머리 아퍼."

"일어났냐."

채빈이 지끈거리는 머리를 싸매고 부스스 몸을 일으켰다. 바로 곁에서 세만이 반쯤 풀린 눈으로 TV의 뉴스 속보를 지켜보고 있었다.

"자유의 여신상이 무너졌대."

"아니, 무슨 일이래요."

제법 놀라운 기삿거리였지만 두통이 극심해 관심이 가질 않는 채빈이었다. 그는 비틀비틀 정수기로 가 냉수를 한 컵 들이켰다. 컵을 놓으며 가게를 둘러보니 간밤의 파티는 흔적조차 없이 깨끗했다.

"누나는요?"

"시장. 술 깨는 약 사면서 겸사겸사 장 좀 본대."

"저 어제 몇 시까지 마셨어요?"

"내가 먼저 잠들었는데 어떻게 알아."

"아씨, 기억이 안 나지. 필름 끊겼나."

채빈이 거울을 들여다보고는 핼쑥해진 제 얼굴을 두 손으로 벅벅 문질렀다. 가만히 서 있으려니 현기증이 나서 그는 도로 의자에 앉아 책상 위로 몸을 엎었다.

'어……?'

두 팔에 얼굴을 묻고 있자 어렴풋이 기억이 똬리를 틀고 올라왔다. 처음에는 꿈인가 싶었지만 가만히 생각해 보니 현실이었다. 분명히 어제 재경을 이렇게 끌어안고 있었다.

'아, 돌겠네.'

끌어안고 있었던 일을 생각하니 취기에 마구 지껄였던 말들도 하나둘씩 떠올랐다. 그 낯뜨거운 말들을 아무렇지도 않게 재경에게 던졌던 기억이 느리지만 확실하게 모조리 되살아나고 있었다. 채빈은 탁자에 이마를 쿵쿵 찧으며 머리를 두 손으로 뒤헝클었다.

"술 덜 깼냐? 자해를 하고 그래."

"형, 저 일이 있어서 먼저 가볼게요."

채빈이 주춤거리며 벽을 짚고 일어섰다. 도저히 당장 재경의 얼굴을 볼 배짱이 나질 않았다. 일단 얼굴을 보기 전에 집에 가서 기억부터 또렷하게 되짚어 봐야 할 것 같았다.

"가긴 어딜 가? 재경 씨랑 같이 밥 먹어야지."

"깜박 잊은 급한 일이 있어서요. 누나랑 맛있게 드세요. 나중에 봬요."

"야야, 이채빈!"

가게를 나서자 쨍쨍한 햇살이 화살처럼 쏟아졌다. 채빈은 목젖을 뚫고 올라오는 토기를 힘겹게 억누르며 스쿠터에 몸을 실었다.

"우웩!"

스쿠터를 달리자마자 결국 바지에 신물을 쏟고 말았다. 그러나 멈출 순 없었다. 턱밑으로 질질 흐르는 신물을 닦지도 못하고 채빈은 더욱 스쿠터의 속도를 높였다.

"주인님, 무슨 일 있었어요? 얼굴이 꼭 시체 같아요."

"말시키지 마!"

집에 돌아온 채빈은 머리까지 이불을 싸매고 돌아누웠다. 점차 사라져 가는 술기운 대신 간밤의 추태로 인한 민망함이 밀려오고 있었다.

재경을 향한 실제 감정과 같은 선상으로 놓고 보려고 해도 이건 아니었다. 술기운으로 들이댄 자신의 모습은 확실히 추태였다. 필름이 끊겨서 아무것도 기억이 나지 않는다고 거짓말이라도 해야 하는 걸까. 이미 배가 터지도록 물을 마셨음에도 불구하고 채빈은 또 목이 탔다.

"맞다, 주인님. 메일 확인 좀 해보세요."

운디네는 인터넷 방송 계좌 관련 메일 때문에 주기적으로 채빈의 메일을 사용하곤 했다. 특별한 메일이 오면 이렇게 알려주는 일이 가끔 있었다.

"왜? 어디서 메일 왔어?"

"네, 출판사인 것 같아요. 어디더라, 블루북스?"

"출판사가 왜? 스팸 아냐?"

"안 읽어봐서 몰라요. 짐작 가는 데 없으세요?"
"전혀."
"흐음?"
"흐음? 뭐가 흐음?"
"그냥요. 이계정규직을 생각했어요."
"뭐?"

채빈이 슬며시 얼굴을 덮었던 이불을 걷었다. 운디네가 말한 것은 채빈이 꽤 예전부터 인터넷 소설 사이트에 연재중인 판타지 소설의 제목이었다.

멍한 눈으로 운디네를 바라보던 채빈은 이내 반신반의한 얼굴로 고개를 가로저었다.

"에이, 설마."

말로는 부정하면서도 채빈의 몸은 컴퓨터 앞으로 끌려가고 있었다. 마우스를 잡은 손이 조금 떨리는 것을 채빈은 느꼈다. 적어도 술 때문은 아니었다. 수전증이 생길 정도로 술을 많이 마시지는 않았다.

―이채빈 작가님께.

과연 운디네의 말대로 출판사로부터 메일이 와 있었다. 채빈은 막연한 기대감에 부풀어 재경에 대한 생각마저 잠시 잊고 메일을 클릭했다.

―이채빈 작가님, 안녕하세요. 도서출판 블루북스입니다. 작가님께서 주아라와 몬피아에 연재하신 '이계정규직'을 읽고 이렇게 연락을 드리게 되었습니다. 현실의 취업난과 생활고에 힘겨워하던 30대의 주인공이 이계를 발견하고 그곳에 취업하여 성장하는 과정이 몹시 재미있고 인상 깊었습니다. 혹시 다른 출판사와 계약을 하신 상태가 아니시라면 저희 출판사에서 작품을 출간하고 싶습니다. 연락 기다리고 있겠습니다. 좋은 하루되십시오.

"헐……!"
마왕성을 통해 어지간한 세상의 놀라운 일은 다 겪었다고 자신했었다. 한데 전혀 아니었다. 벅차오르는 가슴을 주체할 수가 없었다. 책을 내주겠다고? 내 이름으로 내가 쓴 소설이 세상에 나간다고?
숙자의 횡포를 피해 도서관에 처박히면서 키워왔던 꿈이었다. 마왕성을 알기 이전부터 간절히 품고 있었던 꿈이 드디어 이뤄지려 하고 있는 것이다.
"축하드려요, 주인님."
운디네가 모니터를 쓱 들여다보며 말해주었다.

채빈은 터질 것처럼 날뛰는 심장을 한 손으로 꾹 누르고서 딱히 길지 않은 메일을 몇 번이고 반복해 읽었다. 아무리 눈을 씻고 봐도 틀림없는 출간제의였다.

'엄마… 아버지……!'

불현듯, 오래 전 백일장에 나가 상을 타왔을 때 그토록 좋아하셨던 부모님의 얼굴이 떠올랐다. 살아계셨더라면 이 메일을 프린트해서 침을 튀기며 자랑했을 텐데, 정말 많이 기뻐해주셨을 텐데, 맛있는 저녁도 해주셨을 텐데.

"주인님, 울지 마요."

"눈에 뭐가 들어가서그래."

"저한테 오세요. 위로해 드릴게요."

운디네가 채빈의 눈물을 닦아주고 가만히 안아주었다. 채빈은 운디네의 품에 안긴 채 웃음을 터뜨렸고, 급기야 온몸으로 흐느끼기 시작했다.

제5장

이채빈 VS 연호제

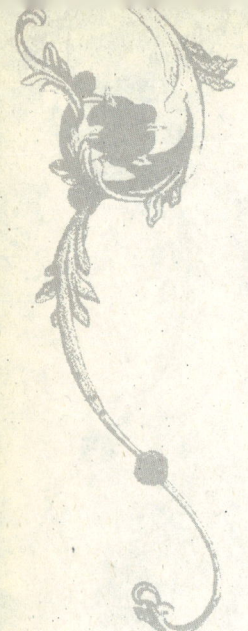

이계
마왕성

'너무 짧나?'

이제 막 동이 튼 이른 아침.

일찌감치 잠자리를 벗어난 은효는 입을 옷을 고르느라 여념이 없었다. 위에는 잠옷, 아래는 새로 산 스커트를 입고서 열두 번도 넘게 거울 앞에서 몸을 이리저리 돌려보고 있었다.

'레깅스 입으면 괜찮을 것 같긴 한데.'

오늘은 채빈을 만나기로 한 날이었다. 거래처 일이 있는 진태의 차를 타고 서울까지 갈 계획으로 진태와 이야기를 모두 끝내둔 참이었다. 채빈을 만난다는 부분만 빼고.

'너무 촌스럽나? 서울 애들은 엄청 이쁘던데.'

간만에 채빈과 만날 생각을 하니 몹시 설레면서도 한편으론 걱정이 들었다. 가족사진을 찍으러 스튜디오에 갔을 때 이후로 이토록 외모에 신경을 쓴 적은 한 번도 없었다. 은효는 스커트를 도로 벗고 스키니 진을 입어봤다. 오랜만에 입어서인지 허벅지가 좀 죄는 느낌이 들었다. 살이 찐 건가 싶어 은효는 기분이 조금 상했다.

부르릉.

창밖에서 자동차의 엔진 소리가 울렸다. 귀에 익숙하지 않는 소리여서 은효는 살짝 창가의 커튼을 밀고 바깥을 살폈다. 주차장으로 들어선 새하얀 세단이 보이자 은효는 입술을 깨물며 커튼을 닫았다.

"은효야, 들어가도 되겠냐?"

진태가 노크를 하며 물었다. 은효는 재빨리 청바지를 벗고 다시 잠옷을 입은 다음 대답했다.

"들어오세요."

문이 열리고 진태가 들어왔다. 사방에 널브러진 옷가지들을 둘러보며 진태가 입을 반쯤 벌렸다.

"이게 다 뭐냐."

"고르다 보니까. 입을 옷이 없어."

"그러세요, 우리 공주님. 하나 사주랴?"

"해본 소리예요. 아빠, 나 살 찐 거 같아."

"삐쩍 마른 게 무슨. 나와라, 아침 거의 다 됐다."

"아빠, 잠깐만."

진태가 문을 반쯤 열다 말고 돌아보았다. 등 뒤의 창가를 가리키며 은효가 속삭이듯 물었다.

"정우 오빠 왜 온 거야?"

"같이 올라가기로 했다."

은효가 두 눈을 찢어져라 부릅떴다.

"왜?"

"네 가이드 해준다고 하는구나."

"말도 안 돼!"

은효가 소리치며 침대에 털썩 주저앉았다. 일그러진 콧잔등이 부르르 떨렸다. 진태는 열었던 문을 도로 닫고 은효에게 다가갔다.

"혼자 가는 것보다 훨씬 낫지 않겠니?"

"차라리 혼자가 훨씬 나아."

"너 혼자 돌아다니도록 놔두기엔 아빠 맘이 불편해."

"……."

"혹시 누구 만날 친구라도 따로 있는 거냐?"

은효가 고개를 치켜들었다. 흔들리는 눈망울을 가만히 지켜보던 진태가 한쪽 눈가를 찡그리며 나직이 물었다.

"혹시 채빈이 만나기로 했니?"

"응."

"왜 아빠한테 진작 말 안 했냐?"

"그냥 좀……."

"그동안 계속 연락하면서 지냈어?"

"가끔씩."

진태가 은효 옆에 나란히 앉았다. 그는 정면의 벽을 응시한 채 한동안 말이 없다가 딸을 슬쩍 돌아보며 입을 열었다.

"아빠는 네가 채빈이한테 너무 정 주지 말았으면 좋겠다."

"무슨 뜻이야?"

"사람은 누구나 다면적이라고 생각한다. 나쁜 면이 있는 만큼 좋은 면도 있는 거야."

"뭐야? 이상한 소릴 자꾸 해."

"그렇다는 거다."

"혹시 지금 하는 말 정우 오빠 염두에 둔 거야?"

진태는 입을 꾹 다물고는 딱히 긍정도 부정도 하지 않았다.

현관이 열리며 정우가 집에 들어서는 기척이 들려왔다. 숙자와 정우 사이에 오가는 목소리를 한 귀로 흘리며 은효는 야속한 눈길로 진태를 올려다보고 있었다.

"그런 눈으로 보지 마라."

딸의 시선을 감내하기가 버거워진 진태는 조금 길게 한숨을 뽑아내고 말을 이었다.

"딸 걱정하는 거다. 말이 나왔으니 말이지만 정우라면 머리도 좋고 집안도 좋다. 제 잘난 맛에 남들을 무시하는 경향이 없는 건 아니지만 아직 어리잖니. 살다 보면 또 바뀔 수도 있는 부분이고."

이번에야말로 은효는 어처구니가 없다는 얼굴로 천장을 우러러 탄식했다.

"아빠가 그렇게 말할 줄 몰랐어. 채빈 오빠에 대해 그렇게 부정적으로 생각하고 있을 줄도 몰랐고."

"아빠도 채빈이 좋아해. 채빈이 아빠와도 오랜 친구였으니 잘 안다. 성실하고 마음도 올곧지. 하지만……."

은효가 말을 자르며 되물었다.

"하지만 뭐? 뭐 때문인데? 가난해서 안 된다는 거야? 아니면 고아인 점이 마음에 걸리는 거야?"

"공은효!"

진태의 언성이 조금 높아졌다. 은효는 지지 않고 확고한 어조로 진태에게 맞서 따지고 들었다.

"아니면 학벌이 딸려서? 정우 오빠는 명문대생이니까 만나도 되고 채빈 오빠는 고졸이라서 만나면 안 된다는 거야? 사람이 사람 좋아서 만나는데 그런 이유가 뭐가 중요해? 목소리만 높이지 말고 아빠도 확실히 말해줘."

진태가 헛기침 끝에 짤막하게 대답했다.

"아니라고 하진 않겠다."

"아빠!"

"종합적인 거야. 네가 채빈이를 만나 더 많이 정들까 봐 걱정된다. 지금까지 정도의 사이를 유지하는 게 어떻겠냐, 가끔 연락하고 안부 묻는 그런 사이로. 그리고 오해하진 마라. 꼭 정우와 좋은 사이가 되란 뜻은 아니었다."

은효가 두 무릎에 얼굴을 묻었다. 진태는 딸의 떨리는 어깨에 손을 얹으려다가 그만두고 일어섰다.

"어쨌든 약속은 약속이니 오늘은 채빈이 만나서 잘 놀다가 돌아와라. 서울까지 아빠랑 둘이서 가자. 정우는 내가 잘 타일러서 돌려보내마."

"알겠어요."

진태가 방을 나섰다.

은효는 침대로 파고들어가 머리 위까지 이불을 끌어올렸다. 어둠 속에서 분한 눈물을 삭이며 정우가 돌아갈 때까지 그녀는 방에서 한 발짝도 나가지 않았다.

'이쯤인데.'

역에서 나온 채빈은 손에 든 스마트폰의 약도와 사방을 번갈아 살펴보며 걸음을 내딛었다. 은효와 만나기에 앞서 출판사 직원과 약속한 카페를 찾는 중이었다.

'아, 바로 뒤에 있었네.'

채빈은 핸드폰 대리점의 전면 유리에 비춰진 제 모습을 다시금 확인하고는 조금 긴장한 상태로 카페의 문을 열었다. 오전의 카페는 한산한 편이었다. 다섯 테이블의 손님들 중 딱 한 곳만 남자 혼자 앉아 있었다. 정장 차림에 서류 가방을 든 그를 보며 채빈은 핸드폰으로 전화를 걸었다. 예상대로 시야 속의 남자가 전화를 바로 받았다.

—네, 작가님.

"아, 네. 저 이채빈입니다. 카페 들어왔어요, 여기……."

채빈이 살짝 손을 들어 보였다. 앉아 있던 남자가 즉시 자리에서 벌떡 일어서며 채빈을 맞았다.

"안녕하세요, 블루북스 임명수 대리입니다."

카페의 사람들이 일시에 힐끔댔을 정도로 큰 목소리였다.

명수에게서는 사회인의 냄새가 물씬 풍겼다. 채빈은 아직 제대로 들어서지 못한 미지의 영역이었다. 막연한 설렘으로 채빈은 가슴이 두근거렸다.

"오시는데 불편한 건 없으셨고요?"

"네네, 금세 찾았습니다."

"주문부터 해야죠. 뭐 드시겠습니까?"

"아, 저는 아메리카노……."

채빈이 메뉴판을 바라보며 지갑을 꺼내들었다. 명수가 두 손을 가볍게 들어 보이며 웃더니 번개처럼 카운터로 가 주문을 끝냈다.

어색하고 불편한 자리면 어쩔까 싶었던 채빈의 걱정은 기우였다. 명수는 언변이 좋고 유쾌한 사람이었다. 가벼운 화제로 시작된 이야기는 10여 분이 지나면서 채빈의 소설에 포커스를 맞추고 있었다.

"…그래서 제 생각으로는 2권 말미 정도부터 적을 집어넣는 게 좋을 것 같습니다. 아무래도 적이 계속 없다 보면 긴장감이 떨어지니까요."

"저도 그렇게 생각합니다."

"분량은 혹시 얼마나 되시나요? 연재하신 게 1권 반 정도 되던데 더 있습니까?"

"네, 15만 자 정도 더 써뒀습니다."

"이야, 많이 써두셨네요. 거의 3권 분량이네."

"저, 임 대리님. 1권 분량이 정확히 어떻게 되죠?"

"편집에 따라 다른데 12만 자에서 14만 자 정도 된다고 보시면 됩니다. 폰트나 간격을 바꾸거나 챕터를 늘리는 식으로 꼼수를 쓰는 경우도 있죠."

그렇게 말하며 명수가 껄껄 웃었다.

"마감이 생명이니까요. 시장 상황이 사실 많이 나쁘거든요. 처음에 1, 2권 한꺼번에 낸 다음 3권부터도 1개월에 한 권씩 꼬박꼬박 내줘야 해요. 안 그러면 반품 크리 먹고 판매량이 확 떨어집니다. 그래서 마감을 지키려고 꼼수를 쓰는 상황이 올 때도 있다는 거죠. 말이 그렇다는 겁니다."

"하하, 네."

"저기, 그래서 본론을 말씀드리자면……. 어떠십니까? 소설 이계정규직, 저희와 계약하시지 않겠습니까?"

어느새 명수의 목소리가 침착함을 되찾고 있었다. 채빈도 자세를 고쳐 앉으며 나직이 물었다.

"계약 조건을 좀 듣고 싶습니다."

채빈도 나름대로 관련 사이트를 뒤져가며 공부는 끝냈다. 블루북스가 신뢰성 있는 상위 출판사라는 점도 파악한 상태였고, 계약 조건의 마지노선도 스스로 정해놓은 참이었다.

명수가 서류가방을 열고 계약서를 꺼내며 설명을 시작했다.

"설명 드리겠습니다. 일단 이채빈 작가님께서는 신인이시죠? 저희 출판사의 계약 조건은……."

채빈은 두 귀를 바짝 기울이고 명수의 설명을 들었다. 예상과 달리 명수가 제시한 계약 조건은 채빈이 정한 마지노선보다 위였다.

"1, 2권은 3,000부까지 보장합니다. 책이 다 안 나가도

3,000부에 준하는 인세를 지급해드린다는 거죠. 3권부터는 실판매부수대로 인세를 드리게 됩니다. 권당 8퍼센트입니다."

채빈은 머리로 재빨리 계산을 끝냈다.

책 1권의 단가가 8,000원이고 8퍼센트면 640원이다. 3,000부가 전부 팔리면 권당 192만 원의 수익이 난다. 세금을 제하면 또 얼마간 줄어들겠지만.

채빈은 계약서를 넘겨 가며 각 조항을 꼼꼼하게 확인했다. 한참 후에야 확인을 끝낸 그는 결정을 내리고 고개를 들었다.

"계약하겠습니다."

계약 조건이 마음에 든 게 가장 큰 이유였지만 이 명수라는 사람이 가진 인상 또한 채빈의 마음에 들었다. 다른 어느 출판사보다 가장 먼저 연락을 준 점도 역시 고마웠다. 명수의 입가에 환한 웃음꽃이 만개하고 있었다.

"감사합니다, 작가님. 바로 계약서 작성하시죠."

채빈은 명수의 설명에 따라 계약서 작성을 끝냈다.

작성한 2부의 계약서를 나눠가진 다음, 명수는 원하는 표지 일러스트라거나 특별히 생각해 둔 다른 제목이 있는지 등을 채빈에게 물었다. 마지막으로 원고는 1개월 안에 3권까지 출판사에 넘기기로 구두 약속을 한 뒤 두 사람은 일어섰다.

"실감이 안 나네."

명수와 헤어지고 난 채빈은 중얼거리며 편의점 앞의 의자에 몸을 앉혔다. 팔다리의 힘이 쭉 빠졌다. 오직 머리만 무서운 기세로 돌아가고 있었다.

 망하면 어쩌지? 아니, 시작부터 이게 무슨 걱정이야. 어쩌면 목향이나 우뢰라, 햇빛 조각사만큼 대박이 날지도 몰라. 솟구쳐 오르는 무수한 망상 속에서 채빈은 좀처럼 몸을 가누지 못하다가 은효와의 약속이 코앞임을 비로소 떠올리고 튕기듯이 일어나 내달리기 시작했다.

 ─이래도 될까.
 ─뭐가?
 ─형님을 미행하는 것 같아서 기분이 좋지는 않다.
 ─미행이라니? 난 주인님을 지켜드리려고 몰래 따라온 것뿐이야. 그리고 누가 너더러 오랬니? 작업장 일이나 하지.
 ─너 혼자만 형님을 따라가는 게 불안했을 뿐이다. 작업장이라면 남은 홀리 이미지들로도 충분히 돌아가고 있고.
 ─알았으니까 그만해, 프라이어. 그리고 너 빛 너무 밝아서 눈에 띄어. 내 욕조 속에 들어와서 잠자코 있어.

 운디네가 빛 덩어리의 프라이어를 잡아 자신의 욕조 속으로 첨벙 집어넣었다. 그러고는 바싹 자세를 낮춰 먼 앞의 채빈과 은효에게 슬금슬금 따라붙었다.

"예쁘다?"

채빈이 은효를 힐끔 보며 던지듯이 말했다. 벨트로 허리를 가볍게 조인 긴소매의 감색 데님원피스를 입고 있었다. 손목에 건 갈색 가방을 좌우로 흔들며 은효가 피식 웃었다.

"뭐야? 나한테 뭐 부탁할 거 있어?"

"거짓말 아냐. 옷이 진짜 예뻐."

"죽일 거야."

"킥킥, 하지 마. 잘못했어."

온몸을 꼬집어대는 은효를 피해 채빈이 앞으로 도망쳤다. 어느덧 서쪽 저편에는 하늘과 맞닿은 롤러코스터의 궤적이, 그들이 가는 눈앞 멀리로는 동물원 매표소의 전경이 보이기 시작했다.

"리프트 탈까? 저거 타면 꼭대기부터 보면서 내려올 수 있어. 동물원이 좀 경사가 졌거든."

"어떻게 그리 잘 알아? 오빠 와본 적 있어?"

"인터넷 보고 사전조사 좀 했지. 탈래?"

은효가 채빈의 옷소매를 붙잡고 도리질을 해 보였다.

"날씨도 좋은데 걸어. 얘기도 하고."

"리프트 타면 얘기 못하냐?"

"그리고 나 치마 입었어."

"야, 레깅스 입어서 안 보여. 그리고 누가 그걸 일일이 고개 들고 보냐? 걱정도 팔자야."

찰싹!

"아우! 왜 때려?"

"따지지 말고 얼른 그냥 안 가?"

은효가 채빈의 등을 떠밀었다. 채빈은 툴툴거리면서 입장권 매표소로 걸음을 내딛었다. 은효가 웃으며 그 뒤를 조용히 따랐다.

"기린이다, 기린!"

동물원에 막상 들어가고 나자 훨씬 신이 난 건 채빈 쪽이었다.

"2층도 있어! 저기 올라가면 얼굴 바로 코앞에 보이겠다!"

"같이 좀 가, 오빠!"

평일의 동물원은 한적했다.

채빈과 은효는 제 집 정원을 노닐듯이 소리 높여 떠들면서 동물원 곳곳을 돌아다녔다. 뱀과 악어가 웅크리고 있는 남미관과 거대 거미들이 득시글거리는 곤충관을 제외하고는 은효도 무척이나 좋아했다.

한참을 정신없이 구경하다 보니 슬슬 허기가 졌다. 채빈이 식당을 찾아 눈을 이리저리 돌리며 물었다.

"뭐 먹을까? 저기 한식당도 있는 것 같고."

은효가 손목에 건 가방을 슬쩍 들어보였다.

"김밥 만들어 왔어."

"진짜?"

"저쪽 벤치 앉아서 먹자. 음료수만 사다 줘, 오빠."

"알았어."

은효가 김밥을 꺼내 늘어놓는 사이 채빈이 음료수를 사서 헐레벌떡 돌아왔다. 오롯이 놓인 김밥을 본 순간, 어쩔 수 없이 채빈은 또 어두운 역사를 떠올렸다. 정우 패거리가 짓밟고 오줌을 갈겨버린 탓에 한 입도 먹지 못했던 은효의 김밥이 눈앞에 둥둥 떠다니고 있었다.

"뭐해? 얼른 앉아서 먹어."

은효가 나무젓가락을 쪼개 건넸다. 채빈은 은효 옆에 앉아 받은 젓가락으로 김밥 하나를 집어 입에 넣었다.

"어때?"

"맛있어."

"그게 다야?"

"아, 요리왕 비룡 같은 리액션을 원한 거야?"

"됐어."

"진짜 맛있다니까."

추억을 곱씹느라 반응이 미적지근했다. 은효가 삐친 척 고개를 모로 홱 돌렸다. 채빈은 한꺼번에 2개씩 김밥을 입에 꾸역꾸역 밀어 넣으며 맛있어서 기절하겠다는 얼굴을 해 보였다. 그 바보같은 모습에 은효가 참지 못하고 웃음을 터뜨렸다.

김밥을 먹으며 채빈과 은효는 그간 쌓인 소소한 이야기를 나눴다. 대화를 하던 어느 순간 은효가 수능에 대해 채빈에게 물었고 이야기의 화제가 공부에 맞춰졌다.

"오빠 정말 공부해?"

"그렇다니까."

"잘 돼?"

채빈이 의기양양하게 가슴을 활짝 펴 보였다.

"고구려대도 문제없다."

"풉."

"웃어? 너 내가 합격하면 어쩔래?"

"어쩌긴. 같이 다니는 거지."

은효가 무릎 밑으로 내려간 레깅스를 끌어올렸다. 늘씬하게 쭉 뻗은 다리로 무심코 채빈의 시선이 갔다. 이제 은효도 어른이구나 하고 채빈은 문득 생각했다.

"꼭 그랬으면 좋겠다."

"어?"

"오빠 고구려대 합격했으면 좋겠다고."

"아아."

"구내식당에서 같이 밥 먹고, 도서관에서 공부도 하고, 수

업 끝나고 놀러도 가고. 좋겠지?"

"그래, 그래."

"대답이 뭐 그래?"

"뭐가?"

"오빠."

"말해."

"물어보고 싶은 게 있는데."

거기까지 말하고 난 은효가 침을 꼴깍 삼켰다. 채빈은 태평하게 음료수를 들이키며 말하라는 손짓을 했다.

"여친 생겼어?"

"…아니."

"지금 대답이 좀 느렸어."

"음료수 삼키느라 그래."

"진짜 없어?"

"내가 너한테 왜 구라를 치겠냐."

"그럼 그때 전화 받은 언니는 누구야?"

채빈이 음료수 캔을 들고 마지막 한 방울까지 입안에 톡톡 털어넣었다. 운디네가 은효의 전화를 받았을 때부터 만나면 이 질문이 나올 거라고 예상하고 있었다.

"아는 형 여친이야. 방에 놀러왔었는데 나하고 그 형이랑 슈퍼 갔다 오는 사이에 그 누나가 대신 받은 거야."

"그렇구나, 역시……."

은효가 안심했다는 듯 환히 웃었다. 뭐가 역시라는 건지 의미를 알 수 없어 얼마간 두려움마저 느껴지는 채빈이었다.

"저쪽에 큰물새장 가볼래? 우리가 그물망으로 돼 있는데 새들 다 풀어놓고 키우는 데라 직접 만져볼 수도 있대."

"나랑 대화하기 싫어?"

"아니, 그런 게 아니고."

"오빠."

"말해."

"오빠랑 나랑 둘 다 고구려대 붙으면, 나 오빠 가까운 데에서 살아도 돼?"

"그건 일단 좀……."

채빈은 말문이 막혔다. 일단 몇 개월 후의 일인 데다 그 마귀할멈 숙자가 어떤 반응을 보일지 생각하니 도통 할 말이 떠오르지 않았다. 정우 아버지가 구해줬다는 오피스텔에 자기 딸이 들어가기를 학수고대하고 있을 터인데.

사실 그것보다도 큰 문제는 채빈 자신의 일정이었다. 은효가 가까이 살게 되면 마왕성을 비롯한 채빈의 일정에 전체적으로 차질이 빚어질 것이다. 그게 가장 신경 쓰였다.

"말해봐. 안 돼?"

은효가 다리 밑에 두 손을 깔고 앉아 몸을 이리저리 흔들며 물었다. 채빈은 쓴웃음을 지으며 대답했다.
"나중에 얘기하자, 일단 수능부터 잘 보고."
"안 된다는 거구나."
"그렇게 말은 안 했어."
"말이라도 그러자고 해주면 안 돼?"
"그러면 거짓말이잖아."
"역시 여친 생겼네."
"아니라니까."
"됐어, 그만둬."
은효의 목소리가 싸늘해졌다. 이어 매서워진 손길로 도시락을 챙겨 가방에 넣고 일어섰다.
"어, 어디 가?"
"남이사 어딜 가든 말든."
"큰물새장 가자니까."
"집에 갈 거야."
"야, 공은효!"
뒤따라 일어선 채빈이 음료수 캔을 버리기 위해 쓰레기통 쪽으로 돌아섰다. 던진 캔이 쓰레기통에 골인한 순간 지축이 한 번 울렸다. 본능적으로 위험을 느낀 채빈이 돌아섰을 때 은효도 채빈을 보며 뛰어오고 있었다.
"꺄아아아아악!"

은효의 비명 너머로 흙먼지가 자욱했다. 채빈은 순간 자기 눈을 의심했다. 흐릿한 시야를 뚫고 맹렬한 기세로 달려오고 있는 건 우리 안에 갇혀 있어야 할 수십 마리의 늑대와 여우들이었다.

"이, 이리 와!"

채빈이 은효의 손을 잡고 공중화장실로 냅다 뛰었다. 늑대들이 잇몸까지 이빨을 까뒤집은 채 따라붙고 있었다.

"빨리!"

아슬아슬하게 여자화장실로 들어가자마자 채빈은 화장실 문을 굳게 닫았다. 물 내려가는 소리가 나더니 안쪽 칸의 문이 열리며 주근깨가 잔뜩 낀 젊은 여자가 나왔다.

"꺄악! 뭐예요? 여기 여자화장실인데!"

"지금 그런 거 따질 때가 아닙니다."

채빈이 손가락으로 문의 유리 너머를 가리켰다. 의아해하며 다가온 주근깨 여자가 유리로 얼굴을 바싹 들이밀었다.

그와 동시에 뛰어오른 늑대의 살벌한 얼굴이 얇은 유리 너머로 여자의 코앞에 들이닥쳤다.

"꺄아아아~ 악!"

여자가 외마디 비명을 지르며 채빈을 부둥켜안았다. 채빈은 은효의 살벌한 눈길 속에서 진땀을 빼며 그녀를 진정시켰다. 그런 다음 세면대 위로 올라가 작은 창으로 바깥 상황을 확인했다.

'씨발, 이게 뭐야?!'

늑대뿐만이 아니었다. 처음 들어오자마자 보았던 기린을 포함해 하마, 곰, 원숭이, 오랑우탄, 사슴, 산양 따위의 온갖 동물들이 사방에서 제멋대로 날뛰고 있었다.

"오빠, 어떡해!"

은효가 새파랗게 질려서 물었다. 채빈은 안심하라는 눈짓을 해 보이고는 다시 바깥을 살폈다. 멀지 않은 수돗가 근처에 남녀 한 쌍이 있었다. 일본원숭이들의 공격을 받아 남자는 가발이 훌렁 벗겨지고 여자는 찢어진 치마를 머리에 뒤집어쓰고 있었다.

바로 그때였다.

―형님, 괜찮으십니까?!

"어, 니들 뭐……. 흡!"

채빈이 곁의 은효와 여자를 의식하고 입을 틀어막았다. 그러고는 코앞에 나타난 운디네와 프라이어를 향해 속으로 물었다.

―니들이 왜 여기 있어?

―그게…… 혼자 외출하시는 주인님이 걱정돼서…….

―저는 주인님을 쫓아가는 운디네가 사고라도 칠까 봐 걱

정돼서…….

―아무튼 잘됐다. 너희들이 좀 도와줘야겠어. 마법을 쓰든 뭘 하든 괜찮으니까 사람들 좀 도와줘. 겸사겸사 상황 파악도 해주면 고맙겠고.

―네, 주인님!

명을 받은 프라이어와 운디네가 소란의 한복판으로 뛰어들었다. 두 정령이 나타나서 마음이 든든해진 채빈은 얼마간 안정을 되찾고 세면대에서 뛰어내렸다.

"너무 걱정하지 마. 여기 안에 있으면 안전할 테니까 진정될 때까지 가만히 기다리자. 저기, 그쪽도요."

"으흐흑!"

주근깨 여자는 눈물 콧물을 다 쏟아내며 울고 있었다. 그러더니 갑자기 배에서 꾸르륵 소리를 내며 인상을 찌푸렸다.

"어머, 무서우니까 또 속이……."

여자가 눈물을 훔치며 가장 깊은 칸으로 들어가 문을 닫았다. 천둥이 울리고 채빈과 은효는 일시에 코를 막았다.

―주인님, 큰일 났어요!

유리 너머로 운디네가 나타났다. 욕조 물이 차가운 것도 아닐 텐데 하얗게 질린 얼굴로 바들바들 떨고 있었다.

―뭐가?

─복면을 쓴 사람이 보이는 대로 우리를 해체시키고 있어요. 그런데 지구의 인간이 아닌 것 같아요.

─지구의 인간이 아니라고?

─마법을 사용하고 있습니다.

프라이어가 빛을 흩뿌리며 이어 말했다. 채빈은 찬물을 뒤집어 쓴 사람처럼 정신이 번쩍 들어 자리를 박차고 일어섰다. 이 지구에서 마왕성을 이용하는 자신 이외에 마법을 사용하는 또다른 존재가 있다니, 믿을 수가 없었다.

"은효야, 나가서 상황 좀 보고 올게. 꼼짝 말고 여기서 기다리고 있어."

"오, 오빠! 오빠가 나가서 어쩌려고?"

"더 큰 동물이 나타날지도 모르잖아. 구조 요청을 하더라도 빨리 해야지. 걱정하지 마. 알아서 잘 피할 테니까."

"오빠! 그냥 여기 있어!"

붙잡는 은효를 뿌리치고 조심조심 문을 열었다. 포기하고 저만치 돌아가던 늑대가 채빈을 발견하고 다시금 이를 까뒤집으며 달려들었다. 채빈은 화장실 문을 닫고 서 있다가 타이밍을 맞춰 늑대의 콧잔등에 싸커 킥을 날렸다.

빠아아악!

"끼이이이잉!"

늑대가 비명을 뽑아내며 허공을 날았다. 채빈은 운디네와 프라이어를 따라 서쪽의 언덕길 위로 몸을 날렸다. 그곳은 사자나 호랑이 따위의 맹수들을 사육하는 지역이었다.

―저 사람입니다! 언락(Unlock) 마법을 써대면서 자물쇠를 해체시켰어요.

프라이어의 빛줄기가 가리키는 방향으로 채빈이 시선을 모았다. 과연, 아래로 사자우리가 내려다보이는 그곳 난간에는 머리부터 발끝까지 검은 옷으로 휘감은 자가 우두커니 서 있었다.

'뭐하는 놈이지?'

떠오르는 생각은 아무 것도 없었다. 일단 채빈은 조심조심 복면인을 향해 걸음을 내딛었다.

바로 그 순간.

쉬이이익!

복면인이 비호처럼 몸을 돌려 일직선으로 채빈을 향해 쏘아져 왔다. 바람결에 담겨 있는 날카로운 살기. 채빈은 모골이 송연해지는 걸 느끼며 급히 뒤로 물러났다.

복면인이 한 팔을 내지르고 있었다.

퍼어어엉!

'매직 애로우(Magic Arrow)?!'

눈앞으로 커져오는 푸르른 마나의 덩어리를 보고 채빈은 경악했다. 그 자신도 곧잘 사용하는 매직 애로우가 확실했다.

─실드(Shield)!

채빈이 재빨리 실드를 펼쳤다.

탄탄한 실드의 외벽을 뚫지 못하고 매직 애로우의 잔재가 튕겨나갔다. 그러나 복면인은 멈추지 않고 연달아 팔을 내지르고 있었다.

퍼어엉! 펑! 퍼퍼펑!

소낙비처럼 퍼부어지는 매직 애로우 속에서 채빈은 실드에 정신을 집중했다. 운디네가 대신 자신의 능력으로 워터 스크린을 펼치며 소리쳤다.

─제가 막을 테니 주인님은 공격하세요! 프라이어 너도 도와!

─크윽, 힘이 약해! 작업장의 홀리 이미지들을 데려와야 하는데……!

이미 홀리 애로우를 발포하며 맞서고 있던 프라이어가 분한 듯이 대답했다. 안타깝게도 태반의 분신들을 두고 홀로 나온 프라이어의 힘은 약하기 짝이 없었다. 복면인은 실드로 방어조차도 않고 맨손으로 홀리 애로우를 튕겨내고 있었다.

─홀드(Hold)!

채빈이 상대의 움직임을 봉쇄하는 홀드 마법을 펼쳤다.

복면인은 찰나의 순간 몸을 경직시켰을 뿐, 이내 봉쇄를 깨부수고 달려들었다. 순식간에 채빈과 복면인의 간격이 손을 뻗으면 닿을 정도로 가까워졌다.

'빌어먹을!'

복면인이 주먹을 내뻗었다. 그에 맞서 채빈도 10년 내공을 끌어올렸다. 서로의 주먹이 지척에서 맞부딪쳤다.

콰아앙!

"아윽!"

채빈이 뒤로 나동그라졌다. 복면인은 뒤로 대여섯 걸음을 밀려났지만 용케 넘어지지 않고 자세를 유지했다. 복면인은 쉴 틈을 주지 않고 마나를 끌어올렸다. 눈앞을 붉게 물들이는 색감과 솟구치는 열기.

—파이어 애로우(Fire Arrow).

—멍청이! 난 물의 정령이거든?

운디네가 소리치며 워터 스크린을 한층 두텁게 펼쳤다. 날아드는 파이어 애로우는 상극인 운디네의 워터 스크린을 뚫지 못하고 맥없이 꺼져들었다.

파이어 애로우가 막히자 복면인은 마법 사용을 그만두고 채빈에게 몸을 직접 던졌다. 물리적인 공격은 워터 스크린으로 막을 수가 없다. 날아드는 발길질 앞에서 채빈은 두 팔을 치켜들었다.

빠캉!

"크윽!"

두 팔이 뼛속까지 찌릿찌릿 울렸다.

이 한 방의 중압감으로 채빈은 충분히 느낄 수 있었다.

빌어먹을 복면인의 내공은 자신보다 높았다. 압도적으로 위는 아니었지만 어쨌든 맨몸으로는 감당하기가 다소 버거운 수준이었다.

"형님을 건드리지 마!"

인간으로 변신한 프라이어가 복면인의 배후로 달려들었다. 복면인은 돌아보지도 않고 손가락을 튕겨 탄지공을 날렸다. 이마를 얻어맞은 프라이어가 뒤로 볼썽사납게 나자빠졌다.

"프라이어! 이 새끼가!"

분노로 두 눈을 불태우며 그 광경을 바라보던 채빈은 팔목의 팔찌를 붙잡고 고함을 내질렀다.

"시그너스 아머!"

쿠우우우웅!

원기둥의 백색 빛이 솟구쳐 올랐다. 뒤따라 떠오른 백색 갑옷의 각 부위가 채빈의 몸으로 일사분란하게 들러붙었다.

"다시 해보자, 이 씨발놈아!"

시그너스 아머로 무장한 채빈이 철컹거리며 달려들었다.

갑작스런 변신에 주춤한 복면인이 측면으로 몸을 피하고 있었다.

부우우우웅!

채빈이 레비테이션 윙을 이용해 몸을 날려 복면인의 동선을 막았다. 멈칫한 복면인을 향해 채빈이 속사포처럼 정권을 날리기 시작했다.

파바바바바바바밧!

"씨바~ 알!"

연신 울리는 갑옷의 금속음과 주먹이 부딪치는 파공음이 뒤엉켜 고막을 자극했다. 채빈의 얼굴이 더없이 일그러졌다. 복면인은 방어와 회피를 오가며 완벽하게 자신의 연속 공격을 막아내고 있었다.

'젠장, 무슨 권법이지?'

복면인의 대응에는 절도가 있었다. 그저 물러나면서 피하는 것이 아니라 일정한 간격과 속도를 유지하며 일관되고 안정적인 움직임을 보이고 있었다.

이제 겨우 삼재검법의 몇 초식과 황도백양각을 익혔을 뿐인 채빈은 무공에 있어 아직 문외한이었다. 그는 복면인의 그것이 보법(步法)의 일종이라는 사실을 알아볼 수 없었다.

쿠우웅!

"큭!"

복면인이 일시에 좌우에서 움켜쥐듯 채빈의 주먹을 잡아냈다. 꼼짝없이 왼팔이 묶인 채빈이 오른팔을 들어 주먹을 날렸다. 복면인은 어깨 너머로 피해내고는 시그너스 아머의 헬멧 위로 정권을 꽂아 넣었다.

콰아아앙!

"크윽!"

"주인님!"

채빈은 정신이 아찔해지는 것을 느꼈다.

시그너스 아머를 입고서도 이 정도 충격을 받게 될 줄이야.

이건 호각이라고 할 수도 없었다. 시그너스 아머까지 장착하고서도 밀리고 있는 것이었다.

쉬이이이익!

그러나 놀라고만 있을 상황이 아니었다.

복면인이 새로운 초식을 선보이려는 듯 신형을 뒤틀고 있었다. 이제는 수가 없었다. 채빈은 들이닥치는 당혹감 속에서도 분노로 포효하며 단전에 쌓여 있는 자신의 내공을 모조리 끌어올렸다.

—황도백양각!

콰콰콰콰쾅!

공기를 폭발시키며 채빈의 히든카드가 무서운 기세로 발

동되었다. 굉음을 이끌고 돌진하는 채빈의 날아차기 앞에서 복면인이 다급히 두 팔을 치켜들었다.

빠카카카카카캉!

"흐읍!"

처음으로 복면인의 입에서 짧지만 강렬한 비명이 터졌다.

방어가 풀린 복면인이 두 팔을 허우적거리며 비틀거리고 있었다.

그 너머로 떨어진 채빈은 내공이 바닥난 몸을 이끌고 힘겹게 일어섰다.

'끄으으……. 씨발 새끼!'

채빈이 이를 빠드득 갈며 각혈의 고통을 억눌렀다.

지금 순간을 놓치면 승리는 없다. 채빈은 비명 같은 기합을 내지르며 복면인에게 덤벼들었다. 검도 쥐지 못한 그의 맨주먹이 그리는 궤적은 삼재검법 9초식 청룡탐조였다.

"이야아아아아아아!"

빠아아악!

"푸우웁!"

안면을 강타당한 복면인이 뚜렷하게 비명을 토해내며 고꾸라졌다.

그 위로 올라탄 채빈이 멱살을 붙잡고 소리쳤다.

"어디서 굴러먹다 온 새끼냐! 낯짝 좀 보자!"

찌이이익!

채빈이 거칠게 얼굴을 감싼 복면을 찢어 발겼다. 제멋대로 흩어진 산발이 얼굴의 태반을 가리고 있었다. 보이는 것은 날렵한 콧망울과 앙다문 입술뿐이었다.

뻐어억!

"끄아아악!"

채빈의 두 눈이 까뒤집혔다. 복면인이 사타구니 사이를 올려찬 참이었다. 시그너스 아머가 없었다면 아마 죽었을지도 모른다.

"아우으으……! 이 새끼, 칠 데가 따로 있지!"

덥석!

채빈이 복면인을 끌어올리려 가슴팍을 움켜잡았다. 손아귀에 뭉클한 감각이 느껴졌다. 머리보다 빠른 몸의 반응과 함께 채빈은 시그너스 아머 속에서 입을 딱 벌렸다.

'이, 이 느낌은……?!'

―형님, 제 홀리 이미지들이 모두 모였습니다!

망연자실한 채빈의 뒤로 완전체 프라이어가 달려오고 있었다. 순간 복면인이 뒤로 몸을 빼고 일어섰다. 바람에 산발이 뒤로 흩날리며 맨얼굴이 훤히 드러났다.

"여자……?"

왼쪽 눈가의 눈물점이 인상적인 여자였다. 상황이 상황이라 예쁘다고 말할 수는 없었지만 어쨌든, 차가움이 느껴지는 미인이었다. 그녀는 찢어진 복면이나마 주워 얼굴을 가리더니 맹수사 우리 너머의 야트막한 언덕 쪽으로 몸을 날렸다.

―힘이 다 빠지니 꽁무니를 빼는군! 서라!

프라이어가 소리치며 뒤쫓았다. 채빈은 당혹으로 잊고 있었던 복부의 고통이 되살아나는 것을 느끼며 쿵, 소리와 함께 앞으로 고꾸라졌다. 변신이 풀리기 전에 채빈을 도피시키는 건 운디네의 몫이었다.

"은효야!"

채빈이 소리치며 자리에서 벌떡 일어났다.

그곳은 마왕성의 침상이었다. 운디네와 프라이어가 인간 모습으로 곁을 지키고 있었다.

"이제 정신이 좀 드세요?"

"은효는? 은효는 어떻게 됐어?"

"아무 일 없이 빠져나갔어요. 3시간 만에 일어나셨습니다."

운디네가 사정을 자세히 설명했다.

우선 프라이어가 뒤쫓은 복면인은 폐쇄된 화장실 뒤편에

구덩이 하나만 덩그러니 남긴 채 사라졌다고 했다. 프라이어는 은효를 비롯해 다른 사람들을 무사히 바깥까지 인도해주고, 운디네는 채빈을 치료하기 위해 마왕성으로 데리고 왔다는 이야기였다.

"고맙다. 너희들 없었으면 정말 일 날 뻔했어. 아우, 대체 뭐하는 놈… 아니, 여자였지?"

"에에? 여자였어요? 워터 스크린 유지하느라 정신이 없어서 얼굴도 못 봤네."

"어. 나도 엄청 놀랐어."

"예쁘던가요?"

"그거야 여자니까 뭐 그럭저럭……. 아니, 운디네, 지금 그게 중요해? 아, 진짜 모르겠네. 어디서 나타난 거야? 마왕성이랑 관계있는 건가? 아니면 원래 나만 몰랐던 거야? 천기광이 새끼도 그렇고 원래 지구엔 그렇게 무지막지한 녀석들이 있었던 거야?"

"형님, 흥분을 가라앉히세요."

"지금 어떻게 그래! 아오, 미치겠네 진짜. 불안하다고! 왜 이런 일이 내가 사는 한국에서 생겨? 여기 이계 아니잖아!"

두 정령은 입을 다물었다. 잠시 후, 한껏 소리치고 나니 어느 정도 진정이 된 채빈이 미안한 듯 얼굴을 들었다.

"언성 높여서 미안. 좀 불안하고 답답해서 그랬어."

"괜찮아요, 주인님."

"구멍 하나만 남았다니……. 뭐지? 설마 거기도 무슨 던전이 있는 건 아닐 테고……."

채빈이 아직 통증이 가시지 않은 복부를 붙잡고 일어섰다. 운디네와 프라이어가 근심스런 얼굴로 따라 몸을 일으키며 물었다.

"어디 가시려고요?"

"은효 좀 보고 올게. 잘 돌아갔다고는 해도 영 마음이 불안해서."

"전화 엄청 왔었어요. 전화 기다리고 있을 거예요."

운디네의 말대로였다. 마왕성을 나서자마자 새로운 문자와 부재중 전화가 핸드폰으로 밀물처럼 들이닥치고 있었다. 채빈은 스쿠터에 몸을 실으며 전화를 걸었다.

─오빠! 어디야! 괜찮아?! 무사해?!

"어, 난 괜찮아. 넌 어디야?"

─나 아직 대공원역이야! 오빠 기다리고 있었단 말이야! 얼마나 걱정했는지 알아?!

"금방 갈게. 가서 다 얘기할 테니 조금만 기다리고 있어."

─알았어. 여기 주차장이야. 근데 오빠, 지금 여기 나 혼자가 아니라……. 아앗!

―여보세요, 이채빈.

갑자기 목소리가 정우로 뒤바뀌었다.

―너 뭐하는 자식이야? 은효를 버려두고 어딜 갔던 거야! 사내놈이 쫄아서 혼자 내팽개친 거 아냐? 은효 넌 가만있어! 내가 말했지? 이 자식은 태생부터 쓰레기……!

딸각!

채빈이 전화를 끊었다. 그리고 동물원을 향해 스쿠터의 속도를 높였다. 정우가 왔으니 진태는 물론이고 어쩌면 숙자도 와 있으리라. 피하고 싶지 않았다. 채빈은 마음을 다잡고 스쿠터의 손잡이를 힘껏 돌렸다.

예상대로 역에 도착하니 채빈이 생각했던 모두가 모여 있었다. 정우와 숙자가 살벌하기 짝이 없는 눈빛으로 채빈을 쏘아보았다. 그 뒤편의 차에 진태와 은효가 힘없는 얼굴로 나란히 앉아 있었다.

채빈은 정우 쪽은 쳐다보지도 않고 숙자에게만 가볍게 눈인사를 한 뒤 그들을 지나쳤다. 등 뒤에서 숙자가 앙칼진 얼굴로 무슨 말인가를 이죽거리고 있었지만 들리지도, 듣고 싶지도 않았다.

"오빠!"

차에서 내려선 은효가 한달음에 뛰어왔다. 복면인과의 전투를 치른 탓에 혈색이 좋지 않은 채빈을 보고 은효는 사색이 되어 연거푸 물었다.

"왜 이래? 어디 다친 거 아냐? 대체 어디 갔다가 이제 나타난 거야? 무슨 일이 있었던 거냐구!"

"얘기할게. 동물을 피하다가 머리를 부딪쳐서 잠깐 쓰러졌었어. 그리고……."

"그만!"

불청객이 끼어들어 둘 사이를 갈랐다. 정우가 은효의 팔을 잡아 자기 등 뒤로 당기고는 채빈 앞에 마주섰다.

"정우 오빠, 왜 이래?"

"넌 차에 타 있어. 이런 쓰레기 같은 놈이랑 더 얘기할 것도 없어. 야, 이채빈. 아까도 물었지만 너 대체 뭐냐? 은효를 버리고 어딜 도망갔어!"

"함부로 말하지 마! 정우 오빠가 뭘 알아! 무슨 사정이 있었는지 아무것도 모르면서!"

"공은효! 정신 좀 차리라고!"

"하지마, 은효야. 괜찮아."

채빈이 담담한 미소로 은효를 향해 가볍게 손짓했다.

정우의 어깨 너머로 차에서 내리고 있는 진태의 모습이 보였다.

눈이 마주치자 채빈은 정중히 허리를 숙여 진태에게 인사를 보냈다. 그런 뒤 은효에게 말했다.

"사정은 다음에 얘기해 줄게. 도망친 건 절대로 아냐. 오히려 그 반대다."

"꼴에 남자라고 지랄도 가지가지 하는데."

정우가 씹듯이 내뱉었다. 채빈은 정우를 살며시 노려보았을 뿐, 이내 홀연히 돌아섰다. 더 이상 시간을 끌었다간 분노를 제어하지 못하고 정우를 두들겨 패게 될 것만 같았다. 어쨌거나 하고 싶은 말은 했으니 이걸로 됐다.

바로 그때였다.

양 어깨가 흔들릴 정도로 울먹이고 있던 은효가 갑자기 달려왔다. 기척을 느끼고 돌아선 채빈의 품 안 가득 은효가 와락 안겼다.

"으, 은효야……!"

코앞에는 젖은 은효의 얼굴.

바로 뒤에 뒤 닦은 휴지처럼 구겨진 정우의 얼굴.

그 너머로 입에 물고 있던 담배마저 놓치고 어이를 상실한 진태의 얼굴. 등 뒤에서 비명처럼 은효의 이름을 부르며 달려오는 숙자의 또각또각 구두 소리.

그 한가운데에서 은효는 똑바로 두 눈을 채빈과 맞췄다.

그녀는 알고 있었다, 지금 생각한 바를 실행하고 나면 엄청난 후폭풍이 몰아치리라는 걸. 알면서도 은효는 두 눈을 질끈 감고 채빈의 입술에 기어이 입을 맞췄다.

'흡!'
 채빈과 은효의 시간이 동시에 정지되었다. 소리마저 사라지고 흐릿해진 세상 저편에서, 정우가 제 머리를 움켜쥔 채 휘청거리고 있었다.

제6장

성과

이계
마왕성

"마셔라."

"감사합니다."

진태와 채빈은 벤치에 나란히 앉아 커피를 홀짝였다. 그들 둘뿐이었다. 은효는 숙자와 함께 정우의 차에 태워 먼저 보낸 참이었다.

"요즘 뭐하고 지내는지 물어봐도 되겠냐?"

진태가 불쑥 물었다. 극히 사무적인 목소리여서 채빈은 이질감을 느꼈다. 지금까지 받았던 것들과는 전혀 다른 질문이다. 자신의 딸인 은효를 염두에 두고 던진 물음인 것이다. 그런 생각이 들자 캔 커피를 쥔 채빈의 두 손에 힘이 가득 들어갔다.

"그냥… 공부합니다. 글도 쓰고 있고요."

"그래."

진태의 반응은 시큰둥하게 여겨질 정도로 무미건조했다. 조금이라도 놀랍거나 기대하는 마음이 있었다면 이렇게 대답하진 않았을 것이다.

"공부는 잘 되니?"

이것 역시 분위기를 고려한 겉치레 물음이다. 채빈은 입안을 채운 커피를 핑계 삼아 묵묵히 고개를 끄덕였다.

"후우."

진태가 불시에 크게 한숨을 내쉬었다. 그러나 그것뿐, 좀처럼 나오는 말은 없었다. 그 이유를 채빈은 예상하고 있었다, 진태가 자신에게 미안해하고 있다는 것을. 무엇을 말하든 고아인 자신에게 상처가 될까 속으로 전전긍긍하고 있다는 것을. 죄송하다거나 고맙기보다는 그저 채빈은 부담스러웠다.

"뭐든 말씀하세요, 아저씨."

"뭘 말이냐."

"하실 말씀 있으신 거잖아요."

"으음."

긍정도 부정도 아닌 모호한 신음소리. 이윽고 진태는 담배를 꺼내 물고 불을 붙였다. 말없이 담배 한 개비를 끝까지 피우고 나서야 그는 구둣발로 불을 끄며 나직이 물었다.
"은효랑 그사이에 자주 만났니?"
채빈의 예상대로였다. 뱃속에서 차오르는 막연한 거부감을 억누르며 채빈은 고개를 힘차게 가로저었다.
"전혀요."
"그래? 내가 보기에는 꽤 자주……."
채빈이 진태의 눈앞으로 손사래를 치며 말을 잘랐다.
"아까는 저도 엄청 놀랐습니다. 은효가 저한테 그럴 이유가 없어요. 어쩌면 정우에 대한 반발심 때문에 그랬을 수도 있고요."
"아무리 반발심이 든다고……."
"아무튼 저랑 은효는 그냥 오빠 동생입니다. 아저씨한테 거짓말 안 해요, 저."
"그러냐……."
대답하는 진태의 얼굴에서 미묘한 안도감이 엿보였다. 그와 동시에 채빈은 어쩐지 속이 메스꺼워졌다. 머리로는 완벽하게 진태를 이해한다고 생각했지만 마음이 따라주질 못했다.
그래, 당연한 거다. 예쁘고 착한 데다 머리까지 좋은 딸이 고졸에 돈도 미래도 없는 나 같은 놈과 만난다면 세상 어느 부모가 좋아할까. 게다가 부모마저 없는 고아라니 이 얼마나 완벽한 콤비네이션이란 말인가. 이해하자, 세상이 나를 보는 눈이란 이런 것이다. 거기까지 생각한 순간 채빈은 자기도 모르게 머리를 젖히고 노을 진 하늘을 보며 킥킥거렸다.
"왜 그러냐?"
"아니, 아무것도요. TV에서 본 웃긴 프로가 생각나서."
에둘러 대답하면서 채빈은 자리를 털고 일어섰다. 진태는 가만히 자리에 앉아 채빈을 올려다보고 있었다.
"아저씨."
"그래."
"저 공부한다는 거요. 수능 때문이에요."
"짐작은 했다."
"고구려대가 목표예요."
진태의 두 눈에 일순 놀라움이 어렸다. 하지만 이내 두 눈의 힘을 풀면서 희미한 웃음과 함께 고개를 끄덕여 보였다. 나중에 커서 세계 정복을 하겠다는 코흘리개 아들의 재롱을 받아주는 듯한 그 모습에 채빈은 다소 맥이 빠졌다.
"슬슬 돌아가 봐야 해요."
"그래, 내가 너무 오래 잡았구나."
"근데 몇 가지 아저씨께 말씀드릴 게 있어요."
진태가 엉거주춤 일어섰다가 다시 의자에 앉았다. 기다리지도 않고 채빈이 빠르게 말을 이었다.

"제 입으로 말하기 그렇지만 저 착하고 성실해요. 고아근성으로 비뚤어지지 않았어요. 도둑이 제 발 저린다고, 이런 말을 먼저 꺼내는 게 이미 비뚤어졌기 때문이라고 여겨질 수도 있겠지만 정말로 아니에요."

"왜 갑자기 그런 말을 하는 거냐?"

"아저씨껜 이 말씀을 꼭 드리고 싶었어요. 고아가 된 저를 기꺼이 거두어주신 아저씨께, 그리고 눈에 넣어도 아프지 않을 예쁜 딸을 가진 아저씨께."

진태가 할 말을 잃고 입을 다물었다. 차차 수심이 깃드는 그의 표정은 채빈의 말을 인정하는 형국이 되어 가고 있었다.

"저 많이 노력했어요. 정말로 고구려대에 들어갈 수 있을지는 모르겠지만 수능 결과가 나쁘지는 않을 겁니다. 제 기준으로 만족할 만한 대학에 들어가게 되면 그때 찾아뵐게요."

채빈이 진태의 앞으로 가 허리를 깊이 숙여 인사했다.

"정말로 감사했습니다, 아저씨. 이 은혜는 반드시 갚겠습니다. 조심히 가세요."

"채, 채빈아."

진태의 부름이 낙엽과 섞여 텅 빈 길바닥 위로 흩어졌. 뒤 한 번 돌아보지 않고 성큼성큼 걸어가는 채빈의 모습은 이미 엄지손톱만큼 작아지고 있었다. 홀로 남은 진태는 또 한 개비의 담배를 꺼내 불을 붙이고 탄식 섞인 연기를 길게 내뿜었다. 몹쓸 짓을 했다는 생각이 들었다.

집으로 돌아온 채빈은 간단히 저녁을 먹고 씻은 뒤 마왕성으로 들어섰다. 어느새 컨디션은 정상이었다. 진태와 헤어져 돌아오는 길에는 조금 우울했지만 집에 도착해 두 정령을 만나자마자 그런 나쁜 기분은 홀연히 사라져 버렸던 것이다.

"도대체 동물원에 나타난 그놈은 뭘까."

속성학습실까지 따라온 두 정령 중 프라이어가 말을 꺼냈다. 채빈이 집에 돌아왔을 때도 프라이어는 동물원 사고를 다루는 TV 뉴스를 보고 있었다. 뉴스 앵커를 비롯해 등장한 자칭 전문가들은 하나같이 원인을 알 수 없다는 말만 되풀이하고 있었다.

"어떻게 그렇게 강력하지? 아니, 강력하다는 건 논외로 하고 그 힘은 이 세계에 어울리지 않잖아, 형님처럼."

운디네가 채빈의 어깨를 주무르며 말을 받았다.

"이제 그 이야기는 그만 좀 해. 세계가 넓은데 별의별 놈이 다 있을 수도 있겠지. 우리가 모르는 마왕성 이외의 이계가 있을지도 모르지. 아니면 주인님 거 말고 또 다른 마왕성이 존재할 수도 있고."

"너는 언제나 속 편한 소리만 하는구나."

운디네가 울컥한 얼굴로 돌아보았다.

"그럼 어떡해? 너한테는 뭐 계획이라도 있어? 그 여자가 사라진 구덩이가 던전 입구 같더라. 콱 뛰어들어 보지 않고 뭐 했니?"

"시비 거는 건가."

"네가 먼저 시비조로 말했잖아."

"너는 형님이 걱정되지 않나?"

"엉뚱하게 이야기 끌고 가지 마. 그리고 말하자면 오늘 일어났던 사고는 그다지 위협적으로 느껴지지 않아. 정황을 봐. 애당초 그놈은 주인님을 노리고 나타난 게 아니었어."

"백 번 양보해 네 말대로 형님을 노린 게 아니라고 치자. 어쨌든 그 사고는 그냥 넘어가기가 어려울 정도로 너무 괴상해."

"그냥 안 넘어가면 어쩔 건데? 지금 우리가 할 수 있는 일이 뭐가 있냐고?"

운디네의 언성이 바짝 높아졌다. 두 정령이 서로 코끝을 대고 노려보며 마나의 불꽃을 픽픽 튀겼다. 바로 그때, 채빈이 보고 있던 영어 참고서를 소리 나게 덮으며 돌아앉았다.

"운디네 말이 맞아."

"…형님?"

"호호호, 주인님은 멋쟁이."

프라이어는 어이가 없었다. 지금 채빈은 자신이 아닌 운디네의 편을 들어주고 있는 것이다. 등 뒤에서 목을 껴안는 운디네를 밀어내며 채빈은 말을 계속했다.

"신경 쓰이는 건 나 역시 마찬가지야. 하지만 어쩌겠어. 왜 그런 일이 벌어졌는지 알아내고 싶어도 아무 방법이 없잖아."

채빈이 프라이어의 눈부신 표면을 손으로 가만히 다독였다.

"날 걱정하는 네 마음을 충분히 알아서 이렇게 말하는 거야. 마음 편히 지내자. 할 일을 하면서 기다리자고."

"알겠습니다, 형님."

언제나 그렇듯 채빈의 말에 고분고분 뒤로 물러나는 프라이어였다.

채빈은 다시 몸을 돌려 책상 앞으로 바싹 다가앉았다. 할 일이 눈앞에 잔뜩 깔려 있었다. 펜을 들고 참고서를 펼치는 그의 등 뒤에서 프라이어와 운디네도 방해하지 않기 위해 숨을 죽였다.

'제대로 해보자.'

지금 이 순간 채빈의 각오는 남달랐다. 은효와 있었던 오늘의 일로 인해 더욱이 그 의지는 확고해졌다. 속성학습실의 힘을 빌려 나라는 사람이 어디까지 뻗어나갈 수 있는지 시험해

보리라. 채빈은 참고서를 펼치고 그간 해왔던 것처럼 열심히 공부를 시작했다.

시간은 계속 흐르고 있었다.

가을이 다 지나가는 동안 채빈은 속성학습실에 처박혀 살다시피 했다. 두 정령과 코인을 획득하러 던전을 돌 때, 이따금 재경과 세만을 만나러 나가는 때를 제외하고는 대부분의 시간을 속성학습실에서 공부하면서 흘려보냈다. 잠도 일주일에 사나흘은 마왕성의 침상에서 잤다.

속성학습실에서 보내는 시간이 늘어나면서 그에 따라 공부의 양도 대폭 상승했다. 심할 때는 하루 20시간을 줄기차게 공부한 적도 있었다.

'이야, 이거 완전히 예상이 엇나가는데.'

본디 채빈은 시험일까지 하루 8시간씩 총 4,800시간 정도를 학습할 계획이었다. 처음에는 그것조차 꽤나 무모한 계획이라고 생각했는데 이제 와서 보니 전혀 아니었다. 무모는 고사하고 너무 작게 잡았음을 채빈은 비로소 깨닫고 있었다.

더불어 그렇게 오랜 시간을 공부해도 채빈의 몸에는 전혀 무리가 없었다. 체력 회복력이 상승하는 마왕성의 침상 덕분이었다. 피로에 지쳐 쓰러지듯이 잠들고 나면 언제 그랬냐는 듯 온몸에 힘이 흘러넘치는 것이었다. 천금의 보약이 따로 없었다.

채빈은 수능에 필요한 모든 과목의 참고서를 거의 외우다시피 했다. 엄청난 양의 문제를 풀고 또 그 공식과 해답을 외우는 한편 이해하려고 부단히 노력했다. 그리고 항상 해왔듯이 남은 시간에는 영어나 일본어, 혹은 컴퓨터 자격증 관련된 교재들을 부담없이 펼쳐 읽었다. 속성학습실 안에서는 그저 읽는 것만으로도 충분했다. 속성학습실의 놀라운 기능은 이 모든 채빈의 열정을 지식으로 환원시켜 고스란히 되돌려주고 있었다.

그러던 어느 날, 드디어 블루북스와 계약한 채빈의 소설 '이계정규직'도 종이책으로 출간되었다. 출판사의 임명수 대리는 바로 전화를 걸어 출간 소식을 알려주었다. 채빈은 기쁨에 겨워 들뜬 목소리로 한참을 통화했다.

―이계정규직 책은 오늘 풀렸고요. 1, 2권 각각 10권씩 작가님 댁으로 보내드릴 겁니다. 내일이면 받아보실 수 있을 거예요.

"아, 네. 저도 인터넷으로 봤는데 표지 너무 마음에 들어요. 그리고 저기, 대리님이 보시기엔 어떤 것 같으세요? 책은 잘 나갈까요?"

―하하, 그걸 어떻게 벌써 알 수 있겠습니까. 대충이라도 판매량 감 잡으려면 3권은 나와봐야 돼요. 혹시라도 너무 불안해하지 마세요. 연재하실 때 성적 좋으셨으니 좋은 결과 나

올 겁니다.

"말씀만으로도 감사합니다. 잘 부탁드려요."

전화를 끊고 난 채빈은 부푼 가슴을 안고 잠시 놓았던 펜을 손에 쥐었다. 책상 위에는 내일 치러야 할 토익 시험의 교재가 놓여 있었다.

채빈은 기세 좋게 페이지를 넘겨 가며 눈에 보이는 모든 단어와 문장들을 진공청소기처럼 뇌로 빨아들였다. 충분한 만족감에 젖을 때까지 공부를 한 뒤엔 마왕성의 침상에 드러누웠고 곧바로 달콤한 잠에 빠져들었다.

다음날.

토익 시험을 치르고 시험장을 나서는 채빈의 발걸음은 더없이 가벼웠다. 공부한 시간은 그를 배신하지 않았다. 답안을 확인할 필요성조차 느껴지지 않을 만큼 고득점을 성취했다는 감각이 온몸에 확실하게 남아 있었다.

'좋았어, 이걸로 이력서에 한 줄 추가!'

고등학교를 졸업하자마자 취업을 해야겠다고 마음먹었던 과거의 어두운 한때, 채빈은 시험 삼아 이력서를 써본 일이 있었다. 경력사항에 적을 만한 게 아무 것도 없어 얼마나 의기소침했었는지. 하지만 이제는 당당히 적어 넣을 수 있는 것이 생겼다.

'아, 한 줄이 아니라 두 줄이구나. 운전면허증까지, 하하하

하하.'

　채빈은 혼자 히죽거리며 스쿠터에 올라 시동을 켰다. 가벼운 마음만큼 날듯이 달리는 스쿠터는 재경의 가게로 향하고 있었다. 자신의 성과에 진정으로 기뻐해줄 재경에게 오늘의 이 성과를 빨리 전하고 싶었다.

　"웬일이야? 모범생께서 공부는 안 하고?"

　간만에 가게에 나타난 채빈에게 재경이 놀리듯이 물었다. 채빈은 자못 거만하게 턱 끝을 치켜 올리며 의기양양하게 대답했다.

　"토익 시험 보고 왔어. 하루는 좀 쉬려고."

　"그래? 잘 봤어?"

　"그럭저럭 900점은 넘을 것 같은데."

　"풉."

　"지금 비웃었어?"

　"어머, 미안. 갑자기 코가 간지러워서."

　"거짓말 마. 내 말 안 믿지?"

　"아냐, 믿어."

　말은 그렇게 하면서 재경은 손으로 입을 가리고 거세지는 웃음을 막았다. 손가락 틈으로 쿡쿡 새어나오는 웃음소리를 들으며 채빈이 씩씩거렸다.

　"900점 넘으면 어쩔 거야?"

"글쎄다. 어쩔까?"

재경이 손가락 끝으로 제 뺨을 톡톡 두드리며 짐짓 고민하는 모습을 보였다.

"근데 이런 고민할 필요가 있을까? 그럴 리가 없는데 말이야."

"와, 계속 놀리네. 900점 넘으면 어떡할 거냐고?"

"후후후, 그래. 네 소원 하나 들어줄게."

채빈의 두 귀가 번쩍 뜨였다.

"누나, 정말이지?"

"그래."

"나중에 딴말하기 없기야?"

"알았다니까. 밥은 먹었어?"

"아니, 나 무지 배고파."

재경이 꿀밤을 먹이고는 의자에 채빈을 눌러 앉혔다.

"밥 금방 될 거니까 조금만 기다려. 반찬 뭐 해줄까? 먹고 싶은 거 있어?"

"된장찌개 돼?"

"제일 쉽지."

"참고로 이건 소원 아니야. 나중에 된장찌개 끓여줬느니 하면서 소원 들어줬다고 억지 부리지 마."

"어휴, 얼마나 자신 있으면 저러실까? 혹시 0을 하나 더 붙인 거 아니니? 아니면 한 문제당 점수가 10점인가?"

재경이 냉장고에서 호박을 꺼내며 깔깔거렸다. 채빈은 당장 성적을 보여줄 수 없는 답답함에 제 가슴을 두드리며 냉수를 벌컥 들이켰다.

시일이 지나 성적이 발표되었다. 채빈은 프린터로 성적표를 뽑아들고 한달음에 달려가 재경에게 성적표를 내밀었다. 재경은 자신감이 철철 흘러넘치는 채빈의 태도에 반신반의한 기분으로 성적표를 확인했다.

"915점?!"

"헤헤, 봐. 어때? 내 말 맞지?"

재경은 놀란 입을 다물지 못하고 성적표의 점수와 채빈의 얼굴을 몇 번이나 번갈아 보았다. 리스닝 450점에 리딩 465점으로 토탈 스코어는 915점이었다. 채빈이 호언장담했던 대로 900점을 넘어선 고득점이었다.

"채빈이 너, 공부한다고 하더니 정말 열심히 했구나."

감격 어린 재경의 두 눈길이 채빈을 쓰다듬듯이 바라보고 있었다. 채빈은 조금 민망해져 고개를 살짝 숙이고 뒷머리를 긁적이며 웃었다.

"뭐, 내가 좀 머리가 좋거든."

"대단하다, 채빈아. 네 나이에 혼자 공부하면서 이렇게 되기가 쉽지 않은데. 정말 수고했어. 아유, 이쁘다, 우리 채빈이."

등허리를 다독이는 재경의 손길을 피하며 채빈이 툴툴거렸다.

"또 애 취급한다."

"네가 애지, 그럼."

"그건 됐고, 소원 들어줄 거지?"

"무슨 소원?"

재경이 두 눈을 동그랗게 뜨고 되물었다. 채빈은 어이없는 눈길로 재경을 바라보더니 떡볶이를 먹고 있는 손님들 한가운데에서 천장을 우러러보며 머리를 뒤헝클었다.

"토익 900점 넘으면 소원 들어준다며?"

"내가? 언제 그랬지?"

"와, 벌써 입 싹 씻는 거야? 연기하는 것 좀 봐!"

채빈이 기가 막히다 못해 쓰러지려는 시늉을 해 보였다. 그제야 비로소 재경은 일시에 웃음을 터뜨리며 채빈을 붙잡아 세우고 한쪽 어깨를 찰싹 때렸다.

"장난친 거야. 당연히 기억하지."

"이런 장난 재미 하나도 없네."

"소원이 뭔데? 말해봐."

채빈은 손으로 턱을 괴고 잠시 생각하는 눈치였다. 그러더니 고개를 똑바로 들고 대답했다.

"나중에."

"나중에 언제?"

"JPT 시험 보고 나서 말할게."

"JPT? 일본어 시험?"

재경이 어안이 벙벙해져 되물었다. 토익과 같은 방식으로 치러지는 일본어 시험인 JPT를 대학교 휴학 중인 재경이 모를 턱이 없었다. 토익을 열심히 공부해서 고득점을 얻었으니 이제는 경험삼아 JPT를 보려는 것일까. 재경이 그런 생각을 하는 와중에 채빈이 선언하듯 말했다.

"이것도 900점은 쉽게 넘길 수 있을 것 같아."

"뭐? 일본어도 공부를 했던 거야?"

"토익대비하면서 틈틈이 했어. 영어보다 시작할 때 접근은 쉽더라고. 한자가 많아서 애 좀 먹었지만 뭐, 900점은 쉽게 달성할 수 있을 거야."

"얘, 진짜 JPT까지 900점 넘긴다는 건 말도 안 된다."

"참나, 나랑 또 내기하고 싶어?"

"무슨 내기?"

"만약 내가 900점 못 넘기면 지금 누나가 들어줘야 할 소원 취소시켜 줄게. 대신 내가 넘기면 누나는 소원 2개 들어줘야 돼. 어때?"

"으음."

"고민할 게 뭐 있어? 내가 900점 넘긴다는 건 말도 안 된다며? 누나한테는 너무 쉬운 내기 아냐?"

"좋아, 그렇게 할게."

재경이 가늘게 뜬 두 눈으로 의미심장하게 채빈을 올려다보며 대답했다.

"이토록 단시일 내에 JPT까지 성과를 얻을 수 있을 리가 없어. 이건 네 머리가 좋은 것과는 별개 문제야."

재경은 그렇게 단언했다. 채빈이 종종 그랬듯이 허세 섞인 애교를 부리는 거라고 생각했다. 재경이 믿어주지 않자 채빈은 또다시 짐짓 씩씩거렸다. 재경은 그런 채빈의 모습이 귀여워 안아주고 싶은 마음이 들었지만, 결국 양 뺨을 쭉 잡아당기는 것으로 그 마음을 대신했다.

다시 시간이 흘러 결과가 나왔다.

"자, 확인해 보시지."

토익 때와 모든 것이 똑같았다. 채빈이 인쇄해 간 JPT 성적표를 보자마자 재경은 봉투에 담으려고 집어 들던 스페셜 붕어빵을 놓쳐 버렸다.

"이크!"

채빈이 떨어지기 직전의 붕어빵을 낚아채 제 입으로 가져갔다. 입을 우물거리며 두 눈을 치켜뜬 채빈의 얼굴은 세계 정복을 끝낸 대마왕처럼 신랄한 미소를 띠고 있었다.

"어쩜! 어떻게 일본어까지 이렇게 공부를 했어?"

청해 470점에 독해 455점으로 총합 925점이었다. 토익보다도 높은 점수였다. 채빈은 팔짱을 끼고 서서 어깨까지 흔들어대며 크게 웃어댔다.

"내 말 맞지? 난 한다면 하는 남자라니까."

"너무 대단하다, 채빈아. 누나 진짜 엄청 놀랐어. 다시 봤다. 이게 어디 그냥 점수니? 일본어로 비즈니스도 할 수 있을 정도로 높은 점수잖아. 아니, 영어도 그렇고 너 진짜 대단해. 존경스러워."

"아야, 존경스러운 사람을 왜 꼬집는데?"

"귀여워서 그러지."

채빈이 노력한다는 것은 어느 정도 생각하고 있었지만 사실 이 정도의 성과를 일궈내리라고는 재경도 예상하지 못했다. 채빈이 지나가듯 말했던 목표가 재경의 뇌리에 스쳤다.

"이제 수능 얼마 안 남았지?"

흐려진 바깥을 바라보며 재경이 물었다. 급강하한 기온에 외투 깃을 올린 행인들이 하얀 입김을 호호 불며 걸음을 재촉하고 있었다.

"좋은 결과 있을 거야."

"그래야지."

재경이 갑자기 손뼉을 치며 소리치듯 말했다.

"맞다, 찹쌀떡 사줘야지."

"아, 됐어. 그런 거 안 믿어."

"그럼 엿 사줄까?"

"그것 역시 안 믿는 데다 추가로 맛도 없어."

"그럼 뭘 해주지? 누나가 뭐라도 해주고 싶은데."

"시험 끝나고 술이나 한잔 사줘."

"그건 당연한 거잖아. 아, 정말 뭘 해주지?"

"언니, 여기 붕어빵 10마리 주세요."

"어머, 죄송해요. 채빈아, 잠깐만."

 재경이 돌아서서 손님을 맞았다. 자리에 앉은 채빈은 멀거니 재경의 뒷모습을 바라보고 있었다. 앞치마를 두른 채 붕어빵을 굽는 모습이 새삼스레 너무 예뻤다. 결혼이라도 해서 같이 산다면 매일 저런 뒷모습을 볼 수 있겠지.

 본래 있어야 할 장소에 있었다면 훨씬 더 예뻤을까.

 채빈은 쫙 붙는 스키니 진에 운동화를 신고서 캠퍼스를 활보하고 있을 재경의 모습을 상상해 보았다. 그리고 그 옆에 나란히 앉아 떠들고 있을 자신의 모습도. 민망함과 동시에 소리 없는 웃음이 입가로 비죽 새어나왔다.

"뭘 혼자 실실 웃어?"

"아니, 아무 것도."

 채빈이 급히 웃음을 지우듯 입가를 훔쳤다. 재경은 허리춤에 두 손을 얹은 채 고개를 갸웃거리며 채빈을 내려다보고 있었다. 힐끔 그 눈과 시선을 마주치며 채빈이 입술을 뗐다.

"누나."

"왜?"

"나 만약 고구려대 입학하면 소원 1개 더 들어줄래?"

"욕심도 많다. 그럼 3개나?"

"2개나 3개나 뭐 차이 없잖아. 들어줄 거지?"

재경이 벽에 몸을 기대고 선 빗자루를 손에 들며 웃었다.

"알았으니까 청소나 도와."

"되게 쉽게 수락하네? 안 될 거라고 생각하나 보지?"

"기왕 내기하는 거 끝까지 응해줘야지. 그리고 이것도 나름 너에게 응원이 되지 않겠니?"

"좋았어."

채빈이 씩씩하게 일어나 빗자루를 받아들었다. 바닥의 먼지를 쓸기 시작하는 그의 등 뒤에 대고 재경이 말을 이었다.

"대신 입학 못하면 기존 소원 2개도 다 취소다?"

"뭐야? 누구 맘대로 그래?"

"내 맘대로."

"그냥 내기 안 할래."

"버스는 이미 떠났어. 내뱉은 말을 어떻게 주워 담니?"

"이런 억지가 어딨어? 그렇잖아 지금……."

"어머, 화장실에 물을 틀어놓고 그냥 온 것 같아."
"거짓말하지 마! 화장실 수리중이라 출입금진데 왜 말을 돌려!"

채빈이 쫓아가 팔을 붙잡자 재경이 깔깔거리며 채빈의 몸을 이리저리 꼬집었다. 채빈이 씩씩거리며 재경의 허리를 간질였다. 재경은 숨이 넘어가도록 간드러지게 소리 높여 웃기 시작했다. 어느새 후줄근한 모습으로 나타난 세만이 오뎅을 씹으며 멀거니 그 광경을 바라보고 있었다.

수능 잘 봐라. 나도 열심히 할게. 대학 들어가서 만나자.

은효는 벌써 10번은 족히 본 채빈의 문자 메시지를 뚫어져라 들여다보고 있었다. 전화를 해도 채빈은 받지 않았다. 그저 이 한 줄의 메시지만 달랑 보냈을 뿐이었다.

무슨 일이 있었을지 어렴풋이 예상은 하고 있었다. 그날 진태는 채빈에게 뭔가를 얘기하기 위해 자신을 먼저 보내려는 눈치였으니까.

돌아온 진태에게 무슨 대화를 했냐고 연신 물었지만 진태는 끝끝내 아무 대답도 해주지 않았다. 그것으로 은효는 확신하고 있었다, 무슨 일이었든 간에 좋은 대화는 아니었으리라는 사실을.

똑똑.

누군가가 방문을 두드리고 있었다. 은효는 재빨리 핸드폰을 주머니에 넣고 허리를 폈다.

"누구세요?"

"오빠야, 들어가도 돼?"

은효가 두 눈을 내리깐 채 입을 앙다물었다. 몇 초의 침묵 뒤에 노크가 이어지고 있었다. 별 수 없이 은효가 내뱉듯이 대답했다.

"들어와."

대답과 동시에 문이 열리며 정우가 방으로 들어섰다. 외출할 참이었는지 체크무늬의 고급스런 정장을 차려입고 있었다.

정우가 은효의 침대 귀퉁이에 걸터앉았다. 은효는 책상에 앉아 펼친 참고서를 노려보고만 있을 뿐이었다. 먼저 말을 꺼낸 것은 역시 정우 쪽이었다.

"마무리는 잘 돼가?"

"어."

"벌써 내일이 수능이네. 시간 참 빠르지?"

"어."

거듭되는 짤막한 대답에 정우는 쉽사리 할 말을 찾지 못하고 어물거렸다. 일도 없이 핸드폰을 꺼내 만지작거린 끝에,

정우는 뱀처럼 두 눈을 가늘게 뜨고 넌지시 말을 이었다.

"오피스텔 청소 다 끝내 났다. 몸만 오면 돼."

"나 거기 안 들어간다고 말했잖아."

"전에도 말했지만 48평이라 엄청 넓어. 창으로 보이는 전망도 좋고, 너한테 딱 어울리는……."

탁!

은효가 거칠게 펜을 내려놓으며 정우의 말을 끊었다. 의자를 빙글 돌려 정우와 시선을 마주하고 그녀가 입술을 뗐다.

"내가 멍청이야? 왜 똑같은 소리 자꾸 해?"

"은효야."

"분명히 싫다고 말했잖아. 오빠가 구한 오피스텔 안 들어간다고 몇 번이나 말했잖아. 혹시 내가 아니라 오빠가 바보야? 그래서 내 말 못 알아듣고 계속 이러는 거야?"

정우의 이마에 살며시 주름이 생겨났다 사라졌다. 살짝 내려간 안경을 콧잔등 위로 치켜 올리며 그는 가볍게 한숨을 내쉬었다.

"네 부모님 뜻이기도 해."

"엄마 뜻이겠지."

"아버님도 찬성하셨다."

찰나의 순간 은효의 얼굴에 '이럴 수가' 하는 감정이 떠올랐다가 이내 사라졌다. 최근 진태와 나눴던 기억하고 싶지 않은 대화가 떠올랐던 것이다.

당시의 대화와 견주어 생각해 보면 능히 이런 결정을 내리고도 남을 듯했다. 사람이 변한 걸까. 아니면 원래 이런 사람이었던 걸까. 어느 쪽이든 은효는 속이 시큰거렸다.

"결정은 내가 해. 학교 기숙사에 들어가든 따로 방을 구하든 내가 알아서 할 거야. 오피스텔에는 안 들어가."

"공은효, 너 자꾸 이럴래?"

"그만 나가줘. 공부 마저 해야 돼."

은효가 매몰차게 의자를 돌렸다. 정우는 위아래 이가 딱딱 맞부딪치려는 걸 겨우 손으로 잡아 막아내며 은효의 등을 죽일 듯이 노려보고 있었다. 부글부글 끓다 못해 심장이 폭발해 버릴 것만 같았다.

"채빈이 때문이냐?"

속으로만 품고 있던 치졸한 의문을 결국 내뱉고 마는 정우였다. 은효는 가볍게 콧방귀를 꼈을 뿐, 일절 대꾸하지 않고 있었다.

정우가 자리에서 일어서며 재차 물었다.

"채빈이 때문에 그래? 그 찌질이가 신경 쓰여서 내 호의를 무시하는 거야?"

"말 좀 가려가면서 해줘. 그리고 호의라는 단어 오빠하고는 진짜 안 어울리거든?"

"야, 공은효!"

"소리 지르지 마!"

은효가 지지 않고 벌떡 일어서서 소리쳤다. 집에 아무도 없어서 다행이었다. 숙자는 정우가 집에 오자 일하는 아주머니와 함께 시장을 보러 나간 참이었다.

"착각하나 본데 여기 우리 집이야. 오빠가 우리 엄마 믿고 제 집 드나들듯 우리 집 들어오는 것도 나 솔직히 거슬려. 이제 그만 좀 나가줬으면 좋겠어. 내 수능 망치지 말고."

"나가기 전에 하나만 묻자."

"묻지 마."

"아니, 물어봐야겠어."

"묻지 말라고!"

"도대체 채빈이가 너한테 뭐냐? 왜 그렇게 마음이 약해? 왜 자꾸 채빈이를 동정하지?"

정우가 내뱉은 단어 하나가 애써 외면하고 있던 은효의 결심에 균열을 일으켰다.

"동정이라니, 누가? 내가?"

"그렇잖아. 어릴 때부터 함께 지냈기 때문인지는 몰라도 넌 채빈이를 좀 과하게 동정하고 있어."

은효는 헛구역질이 날 정도로 속이 메스꺼워지는 것을 느꼈다. 자신이 남자였다면 정우의 얼굴을 힘껏 후려칠 수도 있었을 텐데. 허리춤 아래로 두 주먹을 불끈 쥐며 은효가 차갑게 내뱉었다.

"동정 같은 소리하네. 내가 뭐 잘났다고 채빈 오빠를 동정해? 내가 무슨 공주님이라도 돼?"

"동정이 아니면 대체 뭐냐?"

"알면서 왜 물어? 나 채빈 오빠 좋아해, 남자로."

정우의 양 광대뼈가 실룩였다. 그는 억지로 태연한 척 입가에 쓴웃음을 지으며 고개를 설레설레 저었다.

"그럴 리가 없어, 어떻게 너 같은 애가 그런 찌질이랑. 나한테 뭔가 불만이 있었어? 공부 때문에 스트레스가 심했니? 그래서 요전에 돌발적으로 행동한 거지? 그런 거지?"

동물원 앞에서 은효가 채빈에게 했던 기습 키스를 두고 하는 말이었다. 은효는 멍한 얼굴이 되어 그대로 있다가 쥐었던 두 주먹을 풀고 양 어깨를 축 늘어뜨렸다. 뭐라고 더 말하기도 지쳤다. 정우가 눈물이 날 정도로 측은해 보이기까지 했다.

"진짜로 채빈 오빠 좋아해. 글도 잘 쓰고 내 이상형이야. 내년엔 우리 둘 다 대학 들어갈 거고, 나 그때부터 본격적으로 채빈 오빠랑 만날 거야."

그것이 은효의 마지막 말이었다. 그녀가 말을 마친 동시에 정우의 핸드폰이 요란하게 울리기 시작했다. 정우를 데리러

온 운전기사의 전화였다.

끼이익.

은효의 집 현관을 나서는 정우의 두 눈에는 초점이 없었다. 그는 강물에 뜬 시체처럼 흐느적거리며 걸음을 옮겨 정원을 지나쳤다. 대문을 열자 정우의 운전기사가 차 옆에 비스듬히 서서 책을 읽고 있었다.

"아, 나오셨습니까."

기사가 책을 거두고 공손히 인사했다. 정우는 아무 반응도 없이 멍하니 그가 열어주는 대로 조수석에 올라탔다. 뒤이어 기사도 운전석에 앉아 자기 무릎 위에 책을 얹고 시동을 걸었다.

'으음?'

무심코 책을 본 정우의 두 눈이 이채를 발했다. 이계정규직이라는 제목을 가진 책이었다. 제목 밑에 작게 아로새겨져 있는 작가명이 몹시도 익숙했던 것이다.

"앗, 판타지에 관심 있으십니까? 그저께 대여점에서 빌린 건데 보시겠어요?"

자신의 취미에 독사 같던 정우가 관심을 보이자 기사는 즐거워하며 책을 내밀었다. 정우는 자기도 모르게 책을 받아 한 페이지를 펼쳤다. 책날개에 자세히 나온 작가의 프로필을 읽어 내려가면서 정우의 표정은 더없이 굳어지고 있었다. 동명

이인이 아니었다. 정우가 아는 바로 그 사람이 분명했다.

"신인인데 요즘 제일 잘 나간다기에 빌려왔더니 그럭저럭 재밌게 잘 읽히네요. 요즘 판타지 읽을 만한 게 없어서 영 그랬는데 시간 때우기로 그만입니다."

정우의 마비되어가는 안면을 고려하지 않고 기사가 연거푸 떠들어댔다. 책을 쥔 정우의 두 손이 허공에서 갈피를 잡지 못하고 뒤흔들리고 있었다.

'이 찌질이 새끼가 진짜 책을 냈다고?'

정우는 허겁지겁 핸드폰을 꺼내 인터넷에 접속했다. 그리고 이채빈의 이름을 검색해 보았다. 과연, 운전기사의 말 그대로였다. 이름을 검색하자마자 책과 작가에 대한 게시물들이 화면 가득 쏟아졌다. 더러 욕도 있었지만 대체적으로 재미있다는 평이 많았다.

'씨발……!'

믿을 수도 없고 있어서도 안 되는 일이었다.

바로 그때였다.

정우의 머릿속으로 은효가 했던 한 마디의 말이 메아리처럼 울린 것은.

―진짜로 채빈 오빠 좋아해. 글도 잘 쓰고 내 이상형이야.

정우는 머리를 쥐어짜고 폭발 직전의 화산처럼 '푸! 푸!' 거친 숨을 연달아 뿜아냈다.

채빈에게는 손톱만큼의 성과도 존재해서는 안 되었다. 가난과 열등감에 시달려 아르바이트나 전전하며 힘겹게 살아가야 할 놈이니까. 자기 앞에 와서 비루하게 무릎을 꿇고 취직 좀 시켜달라고 애걸복걸해야 어울릴 놈이니까. 뼛속까지 구질구질한 거지새끼 주제에, 감히 건방지게 무슨 책을 출간했단 말인가.

"씨발······. 이걸 글이라고······."

"도련님? 무슨 말씀이라도?"

"이런 게 제일 잘 나간다고······? 씨발, 다들 병신이야··· 미친 병신들······. 씨발, 이런 것도 책이라고······! 나무들이 불쌍하지!"

찌이익!

"도, 도련님?"

기사가 기겁을 하며 뒤로 물러났다.

정우가 악귀처럼 표정을 일그러뜨리며 책을 찢고 있었다.

나중에는 찢다 못해 이로 깨물기까지 했다.

급기야 분을 풀지 못하고 차에서 뛰어내린 정우는 책을 한 페이지씩 찢어 허공에 냅다 던지며 소리를 꽥꽥 질러댔다.

"이런 건 발로도 쓰지! 내가 발로도 쓴다고! 발로 써! 발로 쓴다고! 병신 같은 책 한 권 내놓고 찌질이 새끼가! 우쭐대지 마! 우쭐대지 말라고! 이런 건 발로도 써! 발로도 쓴다고! 씨

성과 215

바~ 아아알!"

 거듭 높아지는 정우의 욕설에 정원에 내려앉아 있던 새들이 한꺼번에 푸드득거리며 먼 하늘로 날아갔다. 기사는 얼굴을 몇 대나 얻어맞아가며 가까스로 정우를 차에 억지로 태운 다음 서둘러 그곳을 떠났다. 정우가 찢어발긴 책의 잔해는 얼마 후 은효가 그곳에 나타날 때까지 을씨년스럽게 바닥 위를 나뒹굴고 있었다.

 "잘 보고 나와, 떨지 말고. 아는 것만 잘 풀고."
 8시가 조금 넘은 이른 아침.
 수능시험장 앞에서 재경은 몇 번이나 채빈의 옷매무새를 고쳐 주며 거듭 당부하고 있었다. 세만은 추위 때문에 온몸을 바싹 웅크리고 서서 몸을 덜덜 떠느라 바빴다.
 "시간 맞춰서 데리러 올게. 맛있는 거 사줄 테니까 시험 잘 보고 나와."
 "걱정하지 마, 최선을 다할 테니까. 그럼 들어갈게요."
 "이채빈 파이팅!"
 시험장을 향해 성큼성큼 걸어가면서 채빈이 자신있게 머리 위로 주먹을 들어 보였다. 재경은 채빈이 사라지고 나서도 한참을 그 자리에 서 있다가 세만의 손에 이끌려 천천히 돌아섰다.

'시험 잘 봐라.'

채빈은 어딘가에서 자신과 똑같이 시험장에 들어서고 있을 은효에게 속으로 응원을 건넸다. 어느새 자신이 시험을 볼 교실이 눈앞에 가까워오고 있었다. 뒤늦게 긴장감이 밀려왔다. 채빈은 두 팔을 좌우로 힘차게 벌려 스트레칭을 하면서 걸음을 재촉했다.

8시 40분이 되어 시험이 시작되었다.

1교시 언어로 시작된 시험장 내부의 분위기는 무서우리만치 고요했다. 채빈은 잡념을 지우고 시험에 집중했다. 속성학습실에서 얻은 지식들만 한가득 떠올린 채 시험지에 두 눈을 들이박았다.

2교시 수리 시험 문제를 절반가량 풀었을 즈음, 채빈은 혼자 히죽 웃었다.

펜을 쥔 손 안으로 확실한 감각이 전해져 왔다.

이건 고구려대에 입학할 수 있다는 감각이다.

손 안에 새겨진 감각을 놓치고 싶지 않아 채빈은 더욱 세게 펜을 쥐었다.

오후 5시 35분이 되어 길고 힘들었던 시험이 끝을 고했다. 채빈은 한껏 기지개를 펴고 자신의 노고를 치하하며 일어섰다. 전체적으로 문제가 쉬운 편이었다. 좋은 예감이 들었고 마음은 더없이 홀가분했다.

"채빈아!"

교문 밖에서 기다리고 있던 재경과 세만이 달려왔다. 꽤 일찍부터 와 있었는지 두 사람 모두 코끝이 빨갛게 올라와 있었다.

"어땠어? 잘 봤어?"

"어, 쉬웠어. 고구려대는 문제없을 것 같은데."

채빈이 천연덕스럽게 대꾸했다.

재경이 눈을 흘기고 세만은 뒤에서 하품을 했다.

"고생 많았어. 오늘은 실컷 놀자. 뭐 먹고 싶니? 아니, 뭐 하고 싶은 거 있으면 그것도 다 말해."

"그냥 딱히 없는데……."

채빈이 고민하는 사이에 세만이 슬며시 끼어들었다.

"제주도나 갔다 올까."

"제주도요?"

재경이 두 눈을 휘둥그레 떴다.

"어떻게 제주도를 가요? 뭐 타고?"

"비행기 타고 가지요."

"숙소도 정하지 않았는데 지금 갑자기?"

"다 방법이 있어요."

세만이 거듭 태연자약 대답했지만 재경은 도무지 믿지 못하는 눈치였다. 채빈 혼자만 속으로 눈치를 채고 엷은 미소를 지었다.

　세만의 집안 재력으로 제주도 여행 따위가 뭐 대수겠는가. 그런 것보다는 어떻게든 수능을 치른 자신을 축하해 주려는 세만의 마음이 더없이 고맙기만 했다.
　"형, 제주도 여행은 다음에 가고 랍스타 사주세요."
　"랍스타?"
　채빈이 재경을 쓱 돌아보며 말을 이었다.
　"옛날에 재경 누나가 사준대놓고 안 사줬거든요. 그래서 여태껏 한 번도 못 먹어 봤어요."
　"능청스럽게 거짓말하고 있어! 이 동네에 랍스타 파는 가게가 없어서 그랬던 거잖아! 알았어, 오늘 랍스타 10마리라도 쏠 테니까 가자!"
　"뭐, 마트 수산물 코너에서 몇 마리 사다가 쪄서 먹죠."
　세만의 말에 채빈과 재경이 동시에 세만에게로 의구심 가득한 시선을 모았다.
　"아니, 마트에서 랍스타를 팔아요?"
　"어머, 나도 몰랐어."
　"…상종 못할 사람들이네."
　"세, 세만이 형! 같이 가요!"
　"나만 두고 뛰어가지 마!"
　세만의 낡은 자동차를 타고 세 사람은 대형마트로 향했다.

큼지막한 랍스타 3마리를 비롯해 이것저것 먹을거리를 뒷자리에 가득 차도록 샀다. 결제는 재경이 보지 않는 사이에 세만이 VVIP카드를 꺼내 치렀다. 80만 원이 넘어가는 계산서를 그 자리에서 찢으며 세만은 헤벌쭉 웃고 있었다.

  재경의 가게 문을 닫고 밤이 새도록 먹고 마셨다. 한순간도 웃음이 그치지 않았다. 특히 채빈이 그랬다. 수능 시험을 마친 오늘이 즐겁지 않을 턱이 없었다.

  "난 이제 평생 다시는 공부 안 할 거야."
  "어이구, 잘났다. 고구려대나 들어가고 나서 그런 말씀 하시지."
  "누나, 내가 몇 번 말해. 입학은 따놓은 당상이라니까? 이야, 이제 내 이력서는 반짝반짝!"
  "아주 좋아 죽네."

  채빈이 풀린 눈으로 자기 손을 들고 손가락으로 하나하나 세어가며 중얼거렸다.

  "고구려대 입학에 토익이랑 JPT, 아, 그리고 재미로 공부했던 컴활 1급도 넣어야겠고……."
  "컴활 1급? 그것도 시험을 봤어?"
  "재미로 필기 봤는데 합격했더라고. 어쩔 수 없이 실기도 보게 생겼네. 귀찮게 됐어."
  "와, 괘씸하게 말하는 것 좀 봐. 때려줘요, 세만 씨."

"킥킥, 하지 마!"

정신이 끊기기 직전까지 술을 마시는 내내 채빈은 생각했다. 이 두 사람과 평생 헤어지고 싶지 않다고. 그리고 입 밖으로 나오려는 낯간지러운 말을 몇 번이나 되돌려 밀어넣었다. 두 사람 덕분에 지금의 내가 이렇게 웃고 있다고.

"무슨 생각해?"

어느덧 채빈과 별다를 것 없이 만취한 재경이 흐리멍덩한 시선을 뒤흔들며 물었다. 채빈의 시야 속에서 재경의 얼굴이 이리저리 흔들리고 있었다. 도저히 눈을 맞출 수가 없어서 채빈은 재경의 양 뺨을 두 손으로 잡았다.

"왜 이래……. 끅."

흔들림을 멈춘 재경의 얼굴이 코앞에 있었다.

불현듯 재경의 얼굴 위로 은효의 얼굴이 겹쳐졌다. 동물원에서 헤어진 그날 이후로 은효에게 아무런 대답도 하지 않았다. 이런 미적지근한 마음을 가진 상태에서 재경에게 고백을 할 수는 없었다.

채빈은 천천히 떨어뜨린 손 안에 잔을 쥐고 높이 들었다. 그와 동시에 재경은 손에 잔을 쥔 채 고개를 떨어뜨리고 쿨쿨 잠에 빠져들었다. 세만은 진작부터 그 옆에서 벽에 머리를 기댄 채 곯아떨어진 상태였다.

"고맙습니다."

비로소 아무도 듣지 못할 말을 나직이 토해내며 채빈은 혼자서 잔을 높이 들었다. 그 잔을 입으로 가져가자마자 그 역시 뒤로 나자빠져서는 그대로 잠이 들어 버렸다.

한 해의 끝을 고하는 12월이 막 시작된 첫날.
프라이어와 운디네 두 정령은 채빈의 부탁에 따라 그간의 수익을 정산하고 있었다.
"현재 주인님의 재산 총액은 2억 8,113만 원입니다. 천 원 이하 금액은 생략했어요."
"많이 모았네······."
채빈이 새삼 놀라운 듯이 고개를 끄덕이며 화면 위의 자기 계좌를 들여다보았다. 운디네는 곁에 비스듬히 무릎을 꿇고 앉아 채빈과 팔짱을 낀 채 말을 이었다.
"매달 소스 판매 비용으로 평균 2,500, 제가 인터넷 방송으로 평균 2,000, 프라이어가 작업장에서 평균 3,000, 도합 7,500씩은 꾸준히 들어오니까요. 이것도 최소 금액이고요."
"이야, 그래. 나 금세 재벌되겠네."
정말이지 채빈은 만사형통한 기분이었다.
좋은 대학에 들어가기 위한 수능 시험도 잘 치렀고 계좌에는 돈이 분에 넘치게 그득했다. 채빈은 한껏 웃으며 몸을 뒤로 젖혔다. 바닥을 짚으려던 그의 손이 그만 운디네의 짧은

치맛자락 속으로 파고들었다.

"아흑……!"

"으악! 미안해, 실수로……!"

당혹한 채빈이 재빨리 팔을 빼려 했다. 운디네가 다리를 꼬아 맨살의 허벅지로 채빈의 팔을 죄고는 놔주지 않았다.

"조금 더 실수하셔도 괜찮아요, 주인님."

운디네의 매혹적인 두 눈이 자신의 곤혹을 즐긴다는 사실은 옛날부터 알고 있었다. 하지만 여전히 적응이 되지 않는 것은 타고난 성향 탓일까. 채빈은 아찔해지는 정신을 가다듬고 거듭 말했다.

"그만 좀 해. 프, 프라이어도 옆에 있는데……."

"어머, 프라이어가 없으면 괜찮다는 말씀이세요?"

"아니, 그런 뜻이 아니고 좀!"

"형님, 이건 어떡할까요?"

구세주처럼 다가온 프라이어가 손에 쥔 금덩이를 내밀었다. 채빈이 한 팔을 운디네에게 잡힌 채로 시선을 돌렸다.

"아, 그거……!"

"지난 주 독트로스 광산 던전에서 나온 전리품입니다."

그간 채빈과 두 정령은 꾸준히 코인을 벌기 위해 두 던전을 산책 삼아 매주 공략해 왔다. 언제나 보상 상자는 텅 비어있기만을 거듭하던 중, 지난 번 공략 때 금덩이가 실로 간만에 등장한 것이었다.

"보고 또 봐도 신기하네, 독트로스 광산 던전에서 금덩이가 나왔다는 게. 진짜 희박한 확률이지."

"그때도 말씀드렸지만 제 기준에는 희박한 확률을 넘어서 아예 이변으로 보입니다."

손아귀에 받아든 금덩이를 내려다보며 채빈은 어느새 추억을 곱씹고 있었다. 처음으로 독트로스 광산 던전에 들어갔을 때 느꼈던 그 공포와 당혹감, 끝도 없는 어둠, 그리고 살기등등하게 뒤쫓아 오던 그 수많은 시체들…….

'하지만 던전을 공략한 뒤 보상 상자를 열었을 때 공포 따윈 씻은 듯이 가셨지.'

처음으로 금덩이가 나왔을 때 얼마나 가슴이 뛰었는지! 이 작은 금덩이가 준 행복이 얼마나 컸는지 여전히 채빈의 뇌리에 생생히 남아 있었다. 최신형 컴퓨터를 사고 아주 비싼 쇠고기를 사먹었지. 그래, 이 금덩이를 팔아서 말이지. 사거리의 허름한 금은방 할아버지에게 팔아서…….

'잘 계시려나?'

꼬리에 꼬리를 물던 생각 끄트머리로 무표정하고 왜소한 노인의 형상이 떠올랐다. 마지막으로 방문했을 때 노인의 말을 기억하고 있었다. 잡탕밥을 먹을 건데 함께 먹겠냐고 묻던 노인의 표정이 떠올랐다. 어쩐지 그 표정이 쓸쓸했다는 점도 천천히, 그러나 또렷하게 기억 속에서 되살아났다.

'금이나 처분할 겸 들를까. 연말 인사도 드릴 겸.'

거기까지 생각한 순간 채빈은 벌써 일어서고 있었다. 두 정령에게 집을 보라고 일러둔 다음, 채빈은 서둘러 신발을 신고 집을 나섰다.

부르르릉!

"으악, 추워!"

스쿠터로 달리자마자 채빈은 괴성을 내질렀다. 혹한의 추위에 스쿠터를 탄다는 건 역시 보통 각오가 필요한 일이 아니었다. 조만간 바퀴 4개 달린 자동차라도 구입해야겠다는 생각을 하며 채빈은 잔뜩 몸을 웅크린 채 스쿠터의 속도를 높였다.

걸어서 한참을 걸려야 할 사거리까지 5분도 채 걸리지 않아 도착했다. 채빈은 재경의 가게 근처 적당한 곳에 스쿠터를 세우고 금은방이 있는 허름한 골목 쪽으로 잰걸음을 옮겼다.

'그대로네.'

드나드는 사람이 전혀 없다는 것도, 한없이 낡고 닳은 초라한 입간판도, 그리고 유리 너머 가게 안에서 회중시계를 수리하고 있는 백발노인의 모습도 모든 것이 그대로였다. 채빈은 이유도 알 수 없이 코끝이 찡해짐을 느끼며 손잡이를 잡았다. 문이 열리면서 '딸랑딸랑' 울리는 종소리도 똑같았다.

"안녕하셨어요, 사장님."

노인이 슬며시 고개를 들었다. 채빈은 어색한 웃음과 함께 쭈뼛거리며 다가가 매대 앞에 섰다.

"오랜만에 뵙네요. 별고 없으시죠?"

"왜, 죽기라도 했을까 봐?"

"무슨 말씀을 그렇게 하세요."

"금 팔러 왔나?"

노인이 다시 손 안의 수리하던 시계로 시선을 떨어뜨리며 사무적으로 물었다. 채빈은 금덩이가 든 주머니로 손을 가져가다 말고 웃으며 대답했다.

"그것도 그런데, 점심 드셨나요? 그동안 매입도 잘해주시고 감사해서 제가 점심이라도 대접해 드리고 싶어서요."

노인이 시계를 수리하던 손을 멈추고 채빈을 쳐다보았다.

아무런 감정도 느껴지지 않는 무표정한 얼굴.

괜스레 긴장한 채빈은 목이 타는데 노인이 갑자기 입술을 달싹이며 말했다.

"나는 벌써 먹었네. 자네나 먹게."

"아, 벌써요?"

채빈의 눈은 아직 11시밖에 되지 않은 시계를 바라보고 있었다. 어쩌면 늦은 아침 겸 점심으로 끼니를 때웠을지도 모르는 일이다. 별수 없이 다음을 기약하며 채빈은 주머니 속에 있던 금덩이를 꺼내 매대 위에 올려놓았다.

"그럼 사장님, 오늘도 이거 좀 팔게요."

노인이 시계를 수리하던 손을 다시 멈췄다. 그러나 그것뿐, 미동조차 없이 매대 위의 금덩이를 가만히 내려다보고만 있는 것이었다. 채빈은 기이함을 느끼고 노인의 정수리를 슬쩍 바라보았다. 언제나처럼 즉시 감정을 시작해야 정상인데 왜 이러는 걸까.

"이 금덩이가……."

문득 노인이 메마른 입술을 벌려 말을 뱉어냈다.

"이 금덩이가… 자네 손에 들어간 지 얼마나 되었지?"

노인의 질문이 조금 이상하다고 느껴졌다. 채빈은 무슨 말씀을 하시려나 싶어 일도 없이 뺨을 긁으며 대답했다.

"일주일 정도 된 것 같아요."

"일주일이라, 긴 시간이군."

노인이 다시금 중얼거렸다. 채빈은 노인이 말하는 바의 저의를 알 수 없어 어리둥절했다. 여전히 노인은 매대 위에 놓인 금덩이를 내려다보고만 있을 뿐이었다. 이어지는 무거운 정적, 사방에 다닥다닥 들러붙어 있는 벽시계들의 초침 소리만이 시끄럽게 울려대고 있었다.

"딱 오늘까지만 자네를 기다릴 참이었네."

침묵을 가르며 노인이 나직하게 말했다. 어느새 채빈은 조금씩, 노인의 정신에 문제가 생긴 것이 아닐까 의구심을 품는 중이었다.

"이 금덩이를 팔러 올 자네를 말일세. 딱 오늘까지만 기다릴 참이었어."

노인의 말은 마치, 채빈이 이 금을 얻게 되리라는 사실을 알고 있었으며 조만간 자신에게 팔러 오리라는 것도 예상하고 있었다는 투였다. 당연히 채빈은 어처구니가 없었다.

"저기, 사장님. 죄송하지만 무슨 말씀을 하시는지 잘 이해가 안 되는데요."

채빈이 말하거나 말거나 노인은 계속 말을 잇고 있었다.

"자네는 마음에 안 드는 부분이 한두 가지가 아닐세. 그 많은 단점을 상쇄시킬 한 가지 장점이 있긴 하네만······. 내 눈이 잘못되었던 것인지도 모르겠군."

"아니, 사장님. 그러니까 대체 무슨 말씀인지······?"

바로 그때였다.

채빈은 말끝을 흐리며 놀란 숨을 훅, 들이마셨다.

금은방의 이 노인은 처음 보는 표정을 짓고 있었다. 한껏 부릅뜬 두 눈 속에서 살기가 휘몰아쳤다. 검붉어 보이는 노인의 두 동공 속에 뒷걸음질을 치고 있는 채빈이 갇혀 있었다.

"자네······."

한껏 일그러진 얼굴의 노인이 떨리는 입술을 살며시 열었다. 거기에서 나오는 말은 채빈을 경악시키기에 충분하고도 남음이 있었다.
"이제 마왕성에는 안 가나?"

제7장

공손채

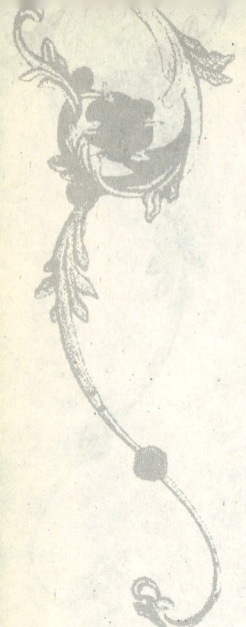

이계
마왕성

이른 봄날 저녁의 바람은 제법 훈훈했다.

살얼음을 깨뜨리고 솟아난 강물이 줄기를 따라 힘차게 헤엄치기 시작한 계절. 드넓게 펼쳐진 천화지 남부의 평원은 하루가 다르게 녹색 빛깔로 물들고 있었다.

천화지 남부는 계절의 변화가 뚜렷하고 토지가 비옥해 농작물을 재배하기에 최적의 조건을 갖춘 지역이었다. 강가를 따라 펼쳐진 수많은 마을들은 거의 태반이 농업으로 생계를 유지하고 있었다.

공손환이 터를 잡은 이곳 마을도 사정은 크게 다르지 않았다. 300여 가구가 조금 못되는 아주 작은 마을. 이곳에서도 봄날의 따사로운 설렘은 여지없이 풍겨 나오고 있었다.

"채, 바람은 그만 쐬고 이제 들어가야 한다."

여인의 음성이 반절은 애원하고 있었다. 온화한 품성이 엿보이는 스물대여섯 가량의 미인이었다. 그러나 소녀는 요지부동이었다. 이제 막 노을마저 삼켜진 어둔 먼 하늘을 멀거니 바라보고만 있을 뿐이었다.

"얼른 들어가서 저녁 먹어야지. 아버님께 또 꾸중을 듣고 싶은 건 아니겠지?"

여인이 다시금 간곡하게 설득했다.

비로소 소녀가 못 이기겠다는 듯 자리를 털고 일어섰다.

소녀의 얼굴은 여인과 꼭 닮았다. 굳이 다른 점이 있다면 눈매였다. 여인의 눈매가 서글서글한 반달형임에 반해 소녀의 두 눈은 가늘고 날카로웠다. 왼쪽 눈가의 아래 자리한 눈물점 또한 여성적인 매력보다는 오히려 서늘함을 내뿜고 있었다.

여인과 소녀는 어깨를 나란히 하고 집을 향해 걷기 시작했다. 소녀의 어깨에 묻은 먼지를 털어내며 여인이 물었다.

"공부는 열심히 하고 있느냐?"

"큰 언니께서 더 잘 아시겠지요."

"전혀 하지 않고 있다는 말로 들리는구나."

소녀는 입을 다문 채 대답이 없었다. 작은 두 어깨는 세상 모든 근심을 짊어지기라도 한 것처럼 축 늘어져 있었다.

"힘들겠지만 분발해 주려무나. 네가 아니면 누가 아버님의 비전을 이어가겠느냐?"

거기까지 말한 여인은 더 이상 나무라지 않고 소녀의 손을 살포시 잡아주었다. 소녀는 나머지 한 손마저 들어 자신의 손을 잡은 여인의 손등에 포갰다. 언변이 부족한 소녀 나름의 사과였다. 여인은 흡족히 웃었다.

"이 마을이 좋아요, 큰언니."

사거리를 지나칠 무렵 소녀가 불쑥 말했다. 소녀가 입을 여는 일은 매우 드물기에, 여인은 두 눈을 동그랗게 뜨고 반갑게 웃으며 말을 받았다.

"다행이구나. 나도 이 마을에 꼭 마음에 든단다. 아버님께서 비전을 정리하시기에 더없이 좋은 환경이고."

맞은편에서부터 술에 취한 사내가 비틀거리며 걸어오고 있었다. 여인은 취객을 피해 일찌감치 소녀의 손을 잡고 곁길로 몸을 피했다. 그런데 오히려 그것이 화근이 됐다.

"기분 더럽잖아! 대로에서 사람을 벌레 보듯 피하다니!"

사내가 대뜸 다가와 여인과 소녀의 면전에 일갈을 터뜨렸다. 코를 비틀고 싶을 정도로 지독한 구취였지만 여인은 꾹 참고 공손히 고개를 숙이며 사과했다.

"어린 동생의 몸이 작아 혹여 다칠까 염려되어 몸을 사린 것뿐입니다. 노여우셨다면 정말로 죄송합니다."

"흥, 이빨은 청산유수로군."

사내는 쉽사리 물러설 기미가 없었다. 이 마을에 터를 잡은 지 얼마 되지 않은 여인과 소녀는 모르고 있었다. 이 사내는 사실 마을에서 소문 난 무뢰배 조무상이었다.

"낯짝이 익숙지 않은 걸 보니 타지에서 굴러들어온 것들이 지? 난 여자라고 사정 봐주지 않아! 내 심기를 거스르지 않는 게 신상에 이로울 거야! 앙!"

침을 튀겨가며 소리치던 조무상은 기어이 지저분한 손가락으로 여인의 이마를 쿡쿡 찔러댔다. 여인이 가녀린 몸을 가누지 못하고 앞뒤로 휘청거렸다. 괴로운 듯 찡그린 여인의 얼굴을 본 순간, 허리춤 아래서 손을 잡고 있던 소녀가 두 눈을 부릅떴다.

"그래서는 안 된다."

급변한 소녀의 눈빛을 보고는 여인이 먼저 기겁을 했다.

여인이 급히 소녀를 잡아 자신의 등 뒤로 숨겼다.

그러나 조무상은 이미 소녀의 불온한 눈빛을 느끼고 더운 콧김을 내뿜기 시작한 터였다.

"뭐냐, 꼬맹이."

"잘못했습니다. 이러지 마십시오."

"너는 닥치고 있어. 뭐냔 말이다. 네 언니를 건드렸다고 배 알이라도 뒤틀린 거냐? 앙?!"

조무상이 몸을 굽히고 앉아 소녀에게 으르렁거렸다. 소녀는 굴하지 않고 부릅뜬 눈으로 맞섰다. 저만치서 물동이를 옮기던 여인이 발을 동동 굴렸다.

"어떻게 해요. 누가 보고만 있지 말고 말려보세요."

사거리에 흥겹게 퍼지던 춤과 노래는 아까부터 멈춘 채였다. 농민들은 저마다 수군거릴 뿐 그 누구도 소문난 무뢰배인 조무상을 상대로 선뜻 나서려 하지 않았다.

"계집년이 성깔이 있구나. 자, 어디 쳐볼 테냐? 앙? 용기 있으면 쳐 봐!"

조무상이 소녀의 앞으로 제 뺨을 들이밀고 때리라는 시늉을 해 보였다. 여인이 겁을 먹고 소녀를 뒤로 잡아당겼다. 이때까지만 해도 조무상은 완전히 착각하고 있었다. 여인의 겁을 먹은 얼굴은 자기 때문인 거라고.

"가만있으라고, 이년아!"

찰싹!

조무상이 여인의 뺨을 후려갈겼다. 그와 동시에 소녀가 몸을 튕겼다. 시선을 채 거두기도 전에 조무상은 눈앞으로 튀는 강렬한 불똥을 느꼈다.

빠아악!

"푸움!"

소녀의 주먹이 조무상의 콧잔등에 작렬하고 있었다. 조무상이 핏물을 뿜으며 뒤로 나동그라지자 소녀는 거침없이 그 위로 몸을 던져 올라탔다.

"채! 그러면 안 돼!"

여인의 뒤늦은 만류가 사방을 울렸다. 소녀는 작고 곱은 주먹을 움켜쥐고 조무상의 안면을 마구 내리찍었다. 관자놀이에서 이마까지 모조리 핏발이 섰다. 완전히 이성을 잃어버린 얼굴이었다.

"끄으, 다했냐, 이 계집년이!"

어느 순간, 소녀의 작은 두 주먹이 조무상의 억센 손에 붙잡혔다. 소녀는 이를 악물었지만 불가항력이었다. 건장한 사내와 힘으로 겨룬다는 것은 애당초 무리였다. 조무상은 상체를 일으키고는 이마로 소녀의 얼굴을 세차게 들이받았다.

퍽!

소녀의 조그만 몸뚱이가 뒤로 나동그라졌다. 조무상은 흐르는 코피를 닦지도 않고 씩씩거리며 일어섰다. 대로에서 조카뻘밖에 안 되는 어린애에게 당했다. 체면이 완전히 구겨진 나머지 그는 정신이 반쯤 나가버린 상태였다.

"감히 이 몸을 건드리다니, 꼬맹이라고 봐줄 줄 알아!"

조무상이 무자비하게 발길질을 해댔다.

소녀의 작은 몸이 흙바닥 위에서 이리저리 꺾였다.
"그만하세요! 제발!"
여인이 비명을 지르며 달려들었다. 눈이 까뒤집힌 조무상은 주먹을 크게 휘둘러 여인의 얼굴을 후려쳤다.
"저리 꺼져!"
빠악!
"캬학!"
여인이 애처롭게 튕겨나가 흙바닥 위를 굴렀다.
터진 입술로 핏물을 왈칵 뱉어내는 여인이 소녀의 코앞에 있었다.
바로 그 순간, 소녀는 으스러질 정도로 위아래 이를 갈며 맹수처럼 지면을 박차고 날았다. 그대로 소녀는 조무상의 정강이 부근을 덥석 물고 머리를 힘차게 젖혔다.
찌이이익!
"갸아아아아아악!"
처절한 비명이 마을의 전역을 울렸다. 뜯겨져 나간 조무상의 정강이에서 새빨간 피가 봇물 터지듯 쏟아져 나왔다. 조무상은 피가 터지는 다리를 붙잡고 외발로 깡충깡충 뛰다가 그 자리에 고꾸라졌다.
"아흐흐······! 이, 이런 미친년······!"
조무상이 다리를 붙잡고 뒹굴며 울부짖었다. 하루 내내 마신 술기운은 진즉에 달아나 버렸다. 처절한 고통으로 그는 눈물 콧물을 뒤섞어 흘려댔다.

소녀가 입을 벌려 새빨간 살덩이를 뱉어냈다. 바닥에 떨어진 살덩이를 보고 농민들은 새파랗게 질려 뒤로 물러섰다. 어린 소녀가 이런 짓을 할 수 있으리라고는 상상조차 할 수가 없어서였다.

싸움은 거기에서 끝난 것이 아니었다. 소녀가 주위를 두리번거리더니 곁길에 놓여 있던 한 자루의 도끼로 다가갔다. 조무상의 낯빛이 새까맣게 타들어가고 있었다.

"도, 도끼로 뭘 하려는 거냐! 누, 누가 이 미친년을 말려 봐! 어이, 나, 낭자! 낭자의 동생 아닌가! 어서 말려봐!"

조무상이 자신이 한 짓은 까마득히 잊어버리고 여인에게 마저 애걸을 해댔다. 소녀는 벌써 도끼의 날 끝을 머리 위로 높이 들고 코앞까지 다가온 참이었다.

"히, 히익! 오, 오지 마! 내가 잘못했어!"

조무상은 한쪽 다리를 질질 끌며 도망쳤지만 역부족이었다. 어느새 도끼의 서늘한 그림자가 얼굴 한가득 드리워져 있었다. 바람을 가르는 소리와 함께 조무상은 비명을 지르며 두 눈을 감았다.

바로 그 순간.

"그만해!"

여인이 등 뒤에서부터 소녀를 붙들었다.

 소녀는 가시지 않은 흥분으로 도끼를 버리지 않고 온몸을 버둥거리고 있었다.

 "그만하렴, 채. 부탁이다."

 여인이 소녀를 더욱 세게 끌어안고 귓가에 속삭였다. 한참을 그러고 나서야 소녀는 겨우 손에 든 도끼를 놓았다. 작은 가슴은 여전히 분노로 크게 들썩이고 있었다.

 "비켜 보시오, 어서."

 군중들 틈에서 백발의 한 노인이 구부정한 몸을 끌고 걸어나왔다. 여인과 소녀는 그 노인이 마을의 의원이라는 것을 알고 있었다.

 노인은 조무상의 상태를 살펴보더니 혀를 끌끌 찼다. 조무상은 오줌으로 바지자락을 흥건히 적신 채 기절해 있었다.

 "이자가 못된 짓을 한 것은 맞지만……. 마음이 아프구나. 어린 소녀가 어찌 손속이 그리 잔인하더냐?"

 소녀는 살기가 가시지 않은 얼굴로 노인을 향해 말했다.

 "개돼지를 때려잡는 일에 어찌 손속을 조절합니까."

 노인이 자기도 모르게 침을 꼴깍 삼켰다. 80에 가까운 긴 삶을 살아오면서 이처럼 강렬한 살기를 발산하는 아이를 보는 건 처음이었다. 다른 농민들도 소녀의 기도에 압도되어 입을 완전히 봉하고 말았다.

"일어나세요, 큰언니."

소녀가 여인을 일으켜 세우고 부축하며 돌아섰다. 노인은 작아지는 그들의 뒷모습을 바라보며 멀거니 타는 목으로 침을 삼켰다.

'후우……!'

공손환은 종이 위에 휘갈기던 붓을 내려놓고 한숨을 내뿜았다. 일을 끝낸 해방감과 자식에 대한 근심이 뒤섞인 애매한 한숨이었다. 바람이라도 쐴까 하여 문간을 나서는데, 때맞춰 가죽옷에 죽창을 쥔 여인이 울타리를 넘어 집 안으로 들어오고 있었다.

"령! 문으로!"

"에헤헤, 아버님……. 거기 계셨나요?"

여인이 죽창을 내던지듯 놓고 혀를 내밀며 웃었다. 창끝에 묻어난 짐승의 선혈은 채 마르지 않은 상태였다.

"사냥은 끝난 것이냐?"

"네, 이번 달에는 더 이상 사냥을 나가지 않을 거예요."

"그래, 이번 달에는 말이로구나……."

공손환은 지끈거리는 머리를 싸맸다. 차라리 말을 말기로 했다. 올해 열아홉이 된 눈앞의 여인은 둘째딸 령으로 그의 커다란 골칫거리 중 하나였다.

"걱정하지 마세요, 스무 살이 되면 사냥일랑 그만두고 요조숙녀가 될 터이니."

"그것보다 채가 또 싸움을 했다."

"이번엔 무슨 일이래요?"

"설이와 집에 오는 길에 한량을 만났다. 큰 누이에게 행패를 부린 모양이다. 그 한량이 심한 상처를 입었다. 조무상이라고 이 부근에서는 꽤나 악명 높은……."

"그럼 그렇지!"

말이 끝나기도 전에 박수를 치며 좋아하는 둘째 딸을 보고 공손환은 할 말을 잃었다. 뒤이어 그는 수척해진 얼굴을 기름때로 새까만 두 손에 묻고 말았다.

공손환.

그는 폭발형 암기의 제조에 있어 독보적인 입지를 구축한 사내였다. 천화지 대륙 전역을 통틀어 정평이 나 있는 그의 제조능력은 타의 추종을 불허하는 신의 영역에 위치하고 있었다.

대륙 곳곳에서 수많은 이들이 저마다의 대의를 앞세워 그를 찾아왔다. 그리고 비전을 청했다. 더러는 협박도 서슴지 않았다. 때문에 공손환은 오랜 세월을 가족들과 함께 이리저리 떠돌며 살아야 했다.

"아무튼 끝났구나."

공손환의 두 눈은 붓과 종이가 놓인 탁자를 내려다보고 있었다. 오늘 집필이 끝난 그의 비전으로 이제 책으로 엮일 일만 남기고 있었다. 10여 년을 시간이 날 때마다 틈틈이 써온 끝에 드디어 완성을 보게 된 것이다.

'하지만……'

비전을 완성시켰지만 공손환은 영 마음이 찜찜했다. 다름 아닌 자식들 때문이었다.

그에게는 네 명의 자식이 있었다.

장녀 설은 차분하고 심성이 온화했다.

몸은 약했지만 혈기를 앞세워 판단을 그르치는 일이 결코 없는 현명한 아가씨였다. 그녀는 아버지의 뜻에 따라 어려서부터 가문의 비전이 아닌 약학에 매진하고 있었다.

차녀 령은 성격이 판이하게 달랐다. 사냥을 좋아했으며 기품이라고는 눈곱만치도 없는 왈가닥이었다. 걸음마를 뗀 순간부터 동네의 꼬마들과 주먹다짐을 하며 자랐다. 쾌활한 만큼 난폭하기 짝이 없어 시비가 붙었다 하면 여지없이 피를 보고야 마는 다혈질이었다.

그러나 셋째인 채에 비하면 령에 대한 그러한 심려마저도 우스갯거리에 불과했다. 채가 돌변하기 시작한 것은 어머니가 막내 혁을 낳고 세상을 뜬 무렵과 일치했다.

처음부터 걱정을 끼쳤던 딸은 아니었다.

오히려 남다른 총명함으로 주위를 놀라게 한 딸이었다. 어릴 때부터 공방에 숨어들어와 어깨 너머로 제 아버지의 작업을 보고는 월등한 품질의 암기를 따라 만들어내곤 했다.

공손환은 일찌감치 채에게 비전을 물려주리라고 마음먹고 있었다. 채는 설의 총명함과 령의 강함을 고루 갖추고 있었다. 헌데 제 어머니를 여의고 이토록 음울하게 심성이 뒤틀렸으니 가슴이 쓰라리기 이를 데가 없는 것이었다.

며칠 뒤.
정오가 가까워지는 시각.
채는 죽은 듯이 정원에 앉아 연못의 수면을 바라보고 있었다. 세상을 뜬 어머니의 얼굴이 그 위로 은은히 떠오르는 듯 싶더니, 물고기가 솟구치면서 일어난 파장과 함께 홀연히 사라졌다.

어머니는 막내 혁을 낳다가 죽었다. 예상을 훨씬 앞선 조산이었다. 하필 곁에는 이제 겨우 10살이 된 채 혼자였다. 아버지 공손환은 암기제조에 정신이 팔려 산간의 공방에 틀어박히고 없었다.

끝내 나이도 많았던 어머니는 사력을 다해 혁을 세상에 내놓고 유언 한마디 없이 세상을 떠났다. 채에게는 그것이 말로 표현하기 힘들 만큼 커다란 죄책감으로 남아 있었다. 자신이

할 수 있는 일은 아무 것도 없었던 것이다.
"여기 있었구나."
차분히 가라앉은 설의 음성이 등 뒤에서 들려왔다.
채는 돌아보는 대신 돌멩이를 연못 위로 던졌다. 설은 가만히 채의 곁으로 다가와 앉았다. 조무상에게 당한 입술의 상처가 완전히 가시지 않은 채였다.
"공부해야 할 시간인데 점심도 거르고 무얼 하고 있니."
"하기 싫어서요."
"어째서 그런 말을 하니?"
설의 두 눈망울에 수심이 가득히 어렸다.
그 눈빛을 대하자니 채는 그만 말문이 막혀 버렸다.
채는 가족 중에서 큰언니 설을 가장 좋아했다. 외모와 성격 모두 돌아가신 어머니를 꼭 빼닮았기 때문이었다. 때문에 설이 말하는 것이라면 싫어도 꾹 참고 따르는 편이었다.
"저는……."
채는 일단 말을 꺼내긴 했지만 어떻게 이어야 할지 몰라 머뭇거렸다. 아버지를 원망하는 말은 하고 싶지 않았다. 하지만 그 말을 하지 않고 자신의 솔직한 속내를 전할 방법이 없었다.
설은 애틋한 시선으로 내려다보다가 머리를 올리고 있던 빗을 풀었다. 윤기가 흐르는 흑발이 은은한 향기를 퍼뜨리며 허리춤까지 흘러내렸다. 빗으로 채의 헝클어진 머리칼을 부드럽게 빗겨주며 설은 말을 이었다.

"네 마음을 알겠다. 그저 당부하고 싶구나. 언제나 마음을 올곧게 먹고 서두르지 말아라. 그리고 기억해 다오, 나는 비단 아버님의 의지만으로 네가 비전을 이어받기를 강요하는 것이 아니라는 것을."

그때였다.

"언니, 여기 계셨네요."

설과 채의 시선이 일시에 목소리가 난 쪽으로 향했다. 평소와는 달리 쾌활함을 잃고 굳은 안색의 령이 잰걸음으로 다가오고 있었다.

"무슨 일이라도 있니?"

"오가장의 조현이라는 자가 또 아버님을 찾아왔어요."

설의 두 눈에 의혹의 파도가 일었다.

이 마을에 터를 잡은 이후 벌써 다섯 번째 방문이었다.

"아버님은 아직 대화중이시니?"

"곧 일어나실 기색이었어요. 이상해요, 언니. 오늘은 예전 어느 때보다 분위기가 많이 무거워요."

"가봐야겠구나."

"저도 같이 갈래요."

"너는 여기서 채와 함께 기다리고 있어."

설은 푼 머리칼을 묶는 것도 잊고 다급히 걸음을 옮겼다.

문간을 넘어선 순간, 때맞춰 나오던 조현과 정면으로 마주쳤다. 조현은 잿빛의 철검을 한 손에 든 채 기다란 상흔이 새겨진 입술을 꾹 다물고 있었다. 공허하게 뜬 회색빛 두 눈을 보면서 설은 모골이 송연해졌다.

스윽.

조현이 언제나처럼 말없이 목례하고는 설의 옆을 횅하니 지나쳐갔다. 잠시 그 자리에 멍하니 서 있던 설은 다시금 아버지의 방을 향해 잰걸음을 내딛었다.

"비전을 넘겨줘야겠다."

방으로 들어선 설에게 공손환은 올 것이 왔다는 얼굴로 말하고 있었다. 설이 휘청거리며 벽을 짚고 섰다. 반평생을 쏟아 완성시킨 비전을 고스란히 오가장에게 넘겨야 한다니. 피가 거꾸로 솟구칠 노릇이었다.

"죽어도 오가장을 위해 일할 수는 없다. 하지만 이대로 버티는 것도 한계다. 나는 그들에게 미련없이 비전을 넘기련다."

"아버님……!"

"나의 비전이 제아무리 소중하다고 한들 그 어찌 가족에 비할 수 있겠느냐. 게다가 책에 기술한 지식은 모두 나의 머릿속에 있지 않느냐. 그리고 채의 머릿속에도……."

거기까지 말하던 공손환이 잠시 말을 멈췄다. 젖어드는 눈시울을 깜박인 끝에, 그는 느릿느릿 손을 내저으며 말을 이었다.

"어쨌든 이 애비는 아무렇지도 않으니 울지 말거라."

"피할 수는 없을까요?"

미련한 질문임을 알면서도 설은 물었다.

공손환은 그저 씁쓸히 웃기만 했다. 한 번 정한 표적을 쉽게 놓칠 오가장이 아니었다.

"그만 나가보아라. 이야기가 길어지면 령과 채가 불안해할 것이다."

문이 닫히는 소리가 설의 심금을 울렸다.

단절된 작은 방 안에서 홀로 번민할 아버지를 생각하니 괴롭기 그지없었다. 장녀로서 하등 도움이 되지 못하는 자신이 원망스럽기 짝이 없었다.

문득 발치 아래에서 기척이 느껴졌다. 눈을 떨어뜨리자 벽을 등지고 앉은 채의 모습이 보였다.

"전부 들었니?"

채는 굳은 얼굴로 가만히 고개를 끄덕였다.

설은 터지려는 눈물을 가까스로 참고 채의 손을 잡아 일으켜 세우며 말했다.

"배고프지? 고기 만두를 만들어 줄게. 네가 좋아하는 아주 큰 것으로."

 채는 물끄러미 큰언니의 얼굴을 올려다보았다. 세상에서 가장 아름다운 얼굴. 어째서인지 그 순간, 채는 두 번 다시 큰언니의 미소를 볼 수 없게 될지도 모른다는 두려움에 휩싸이고 있었다.

 무거운 마음과 함께 하루가 저물었다.

 달이 떠오른 깊은 밤이었다. 채가 좀처럼 잠을 청하지 못하고 이불 속에서 몸을 뒤척이는데 령이 찾아와 어깨를 흔들어 깨웠다.

 "안 잤지? 얼른 기어 나와. 국수 만들어줄 터이니."

 령이 아이처럼 천진난만한 얼굴로 재촉했다. 종종 이렇게 한밤중에 채를 깨우는 일이 있었다. 평소 같았으면 응했을 확률은 반반이지만, 오늘의 채는 순순히 자리를 박차고 일어섰다. 어차피 낮의 일로 잠도 오지 않았으니까.

 주방은 본채와 거리가 있는 뒤켠에 있었다.

 진작부터 불이 지펴져 있었기에 솥에서는 국물이 펄펄 끓다 못해 흘러넘치고 있었다.

 채는 문간에 기대어 령이 투박한 손으로 채반에 면을 건져 담는 모습을 지켜보고 있었다. 손놀림이 서툴러 면발이 손에 들러붙고 제멋대로 끊어지는 등 엉망진창이었다. 자기도 모르게 채는 피식 웃었다.

"요것이 웃어?"

령에 콧날을 찌푸리며 어린 채를 흘겨보았다.

가족들조차 쉽게 볼 수 없는 채의 웃음을 가장 많이 접하는 사람은 령이었다. 사려 깊고 침착한 설과는 달리 언제나 덜렁거리며 실수를 연발하는 모습은 우울한 채에게 한줄기 웃음을 선사하곤 했다.

"젠장, 이래서 요리는 언니한테 부탁해야 하는데. 생각할 게 있다면서 우리끼리 먹으라지 뭐니? 국수 좀 만들면서 생각하면 볼기짝에 종기라도 나나 보지?"

채는 작은언니의 투박한 말투도 싫지 않았다. 그 거친 말 속에 녹아 있는 따스함 때문이었다. 당당하고 쾌활한 외면과는 달리 의외로 곧잘 수줍음을 타기도 하는 령의 속내를 잘 알기 때문이었다.

"자, 그냥 먹어. 맛없다고 투정부리면 고 주둥아리에서 옥수수를 탈탈 털어버릴 테야."

령이 으름장을 놓으며 불어터진 면발이 둥둥 뜬 국수 한 접시를 내려놓았다. 채는 젓가락을 쥐고 그릇으로 손을 가져갔다. 면이 심하게 불어서 젓가락으로 건지려고만 하면 툭툭 끊겼다.

겨우 끊어진 면을 그러모아 입에 넣으려는 찰나였다.

약속이나 한 것처럼 령과 채가 벌떡 일어섰다. 아버지의 방쪽에서 일어난 작은 비명을 두 사람 모두 똑똑히 들었던 것이다. 둘은 날듯이 정원을 가로질러 아버지에게로 향했다.

덜컹!

문을 열자마자 비릿한 피 냄새가 확 끼쳐왔다. 불 꺼진 방을 더듬어 나아가던 령은 기분 나쁘게 끈적이는 감촉을 발끝으로 느껴야 했다.

"악."

령이 짧은 신음을 토해내며 고개를 떨어뜨렸다.

어둠에 익숙해진 두 눈이 얼어붙고 있었다. 방 전체를 메울 기세로 퍼지는 피바다의 중심에 공손환이 누워 있었던 것이다. 독에 당한 것인지 두 눈과 코, 귀와 입을 비롯한 온몸의 구멍에서 피거품이 끓고 있었다.

쉬이익!

방 한 구석의 어둠에서 흑의의 자객이 튀어나왔.

어두웠던 데다가 얼이 빠져 있었던 령은 자객의 존재를 알아채지 못했다. 자객은 령의 등 뒤에서부터 두 손에 든 죽창을 직선으로 내질렀다.

찌이익!

비껴간 죽창이 령의 허리께에 가느다란 혈선을 새겼다.

천만다행으로 자객의 솜씨는 서투른 편이었다. 령은 허리를 감싸고 뒤로 빠르게 물러섰다. 자객이 다시금 죽창을 쳐들고 덤벼들었다.

퐈직!

"캬학!"

자객의 입에서 비명이 터졌다.

채가 장작으로 등허리를 후려친 참이었다. 쓰러진 자객의 얼굴 위로 채는 다시 한 번 장작을 내리찍었다.

빠아악!

"아흐흐흐흑!"

콧잔등이 함몰되면서 자객이 절규를 토해냈다. 뒹굴던 끝에 자객의 복면이 벗겨졌다. 피로 흥건해진 얼굴이 드러났을 때 령과 채가 동시에 두 눈을 부릅떴다. 하인 구아호가 아닌가.

"우선 여길 뜨자. 아직 잔당들이 있을 거야."

눈물을 머금은 눈으로 령이 말했다. 무슨 상황인지 정확히 파악할 수는 없었지만, 본능이 도망쳐야 한다고 경고하고 있었다. 채는 여전히 공손환의 시신에서 눈을 떼지 못하고 있었다.

"아버지는 돌아가셨어. 우리라도 도망쳐야 해."

거친 혈기를 내세워 살아왔던 령이 아버지의 죽음 앞에서 냉정함을 되찾았다. 채는 아버지의 피로 물든 두 눈을 감겨준 뒤 몸을 일으켰다.

작은언니의 말이 백 번 옳다고 생각했다. 혁을 낳다가 어머니가 죽었을 때도 암기제조에만 정신이 팔려 있던 아버지. 결국은 자기가 만든 비전에 의해 급습을 당한 아버지. 가족들을 위험에 빠뜨린 아버지. 게다가 죽은 아버지. 시체 따위는 버려두고 도망치는 것이 옳다고 생각했다. 그러나 눈물은 별개로 흘렀다.

그러나…….

어린 채의 앞에 나타난 지옥은 이제부터가 시작이었다.

어린 혁을 품에 안고 설의 방으로 뛰어든 령과 채는 깊은 밤인 와중에도 하늘이 샛노래지는 것을 느꼈다. 핏발이 불거진 두 눈이 설의 침상에 내리꽂혀 있었다.

설은 검에 난자당한 앞가슴을 새빨갛게 물들인 채 누워 있었다. 혈색의 변화로 보아 아버지보다도 먼저 당한 것이 확실했다. 죽음 직전에 윤간을 당했는지 아랫도리가 벗겨진 채였다.

채는 이불로 설의 몸을 덮고는 온몸으로 흐느꼈다. 큰언니가 화를 당하는 동안 자신은 국수를 먹고 있었다. 두 눈에 뜨거운 눈물이 넘치기 시작했다.

"가야 한다."

령이 혁을 품에 안고서 채를 세차게 끌어당겼다.

넋이 나간 채는 제 발로 걷지 못하고 질질 끌려나오다 바닥에 널브러졌다.
 철썩!
 채의 고개가 세차게 꺾였다.
 처음으로 동생을 때린 령이 속삭이듯 소리쳤다.
 "가야 한다고 말했지 않느냐!"
 참담한 비애가 묻어나는 작은언니의 목소리.
 극에 달한 령의 슬픔이 어린 채를 일어서게 만들었다.
 령은 채를 데리고 후원 쪽으로 달렸다. 그곳의 바깥으로 마구간이 있었다. 마구간에 도착한 령은 빠른 손놀림으로 말을 끄집어내면서 이야기했다.
 "무모한 감정으로 목숨을 잃는 건 결코 용기가 있기 때문이 아니야. 살기 위한 희망이 무너졌기 때문에 스스로 죽음을 택하는 건 치졸한 도피에 불과하다. 넌 큰언니만큼이나 총명하니 나의 말뜻을 쉽게 헤아릴 수 있을 거야."
 령의 말을 들으며 채는 또 눈물을 터뜨릴 뻔했다. 령은 채와 혁을 말 위에 차례대로 태우고 자신 역시 말에 오르려 고삐를 잡았다.
 바로 그때, 후원 너머에서 웅성임이 일었다. 그러자 령은 결연하게 얼굴을 굳히고는 고삐를 잡았던 손을 도로 놓았다.
 "작은언니……?"
 "내가 막을 테니 어서 가. 가문의 비전을 가진 네가 가는 게 이치에 맞지."

"같이 가요!"

채가 울부짖듯이 말하며 령을 붙잡았다. 령은 미소 띤 얼굴로 그 팔을 내치며 고개를 가로저었다.

"너에게 비전이 끊어지는 일이 없도록 뒷일을 부탁한다느니 따위의 헛소리는 안 하겠어. 내가 바라는 건 복수야. 알아들었지?"

그렇게 말하면서도 령은 말을 이끄는 손을 멈추지 않고 있었다.

"살아서 반드시 복수를 해. 그게 물러터진 아버지나 큰언니와는 다른 내 방식이지, 또한 네 방식이기도 하고."

채는 고개를 몇 번이고 끄덕이며 품의 혁을 꼭 끌어안았다. 울지 않으려고 혀를 깨물었다. 눈물 대신 흘러내린 피가 품에 안은 막내 혁의 정수리를 적시고 있었다.

이윽고 누군가의 외침과 함께 웅성임이 확연히 커져 왔다. 죽창을 든 세 명의 자객이 그들에게로 짓쳐오고 있었다.

"잘난 나에게 배웠으니 혼자서도 잘 몰 수 있겠지?"

령이 싱긋 웃으며 말의 볼기짝을 때렸다. 채와 혁을 태운 말이 힘차게 앞발을 치켜드는가 싶더니 마구간을 박차고 튀어나갔다. 빠르게 멀어지는 말을 향해 령은 손을 흔들어 보였다.

"계집 하나만 달랑 남았군."

다가온 자객 중 한 명이 지껄였다. 하나같이 어디서나 쉬이 볼 수 있는 죽창을 손에 들고 있었다. 령은 이미 느끼고 있었다. 어설픈 움직임과 천박한 말투. 이들은 지천에 넘치는 부랑배들이 분명했다.

자객 하나가 죽창을 들고 덤벼들었다. 창끝의 궤적이 제멋대로 흔들리는 막무가내의 공격이었다. 령은 허리춤으로 창끝을 흘려내는 동시에 허리를 틀어 팔꿈치로 자객의 안면을 강타했다.

쾅!

"컥!"

자객이 신음을 토해내며 죽창을 버린 손으로 얼굴을 감쌌다. 령은 떨어지는 죽창을 빠르게 잡아 자객에게 내질렀다. 복부를 노리고 들어간 죽창 끝은 자객이 몸을 뒤트는 바람에 허벅지에 처박혔다.

"캬아아아악!"

자객이 허벅지를 붙잡고 모로 나자빠졌다. 복면이 벗겨지면서 조무상의 일그러진 얼굴이 훤히 드러났다. 령은 이를 빠드득 갈며 조무상의 얼굴 한가운데를 노리고 죽창을 높이 쳐들었다.

바로 그때였다.

"소란스럽기가 짝이 없군."

사내의 목소리가 령의 등 뒤에서 울렸다.

기척조차 느끼지 못하고 있었던 령은 흠칫하여 뒤를 돌아보았다. 한 거구의 사내가 달마저 가린 채 어둠 속에 서 있었다.

"역시 무뢰배는 무뢰배일 뿐, 조현의 말을 듣지 않은 이 방두준의 판단은 옳았다."

거한이 어눌한 말투로 두 명의 자객을 향해 말했다.

령은 더할 나위 없는 분노로 몸서리를 쳤다.

오가장 조현의 이름이 나온 순간 모든 음모의 조각이 머릿속에서 하나로 맞춰지고 있었다. 연이어 그녀는 어쩔 수 없는 공포에 젖었다, 아무렇지도 않게 저런 말을 내뱉는 건 이제 곧 자신을 죽이겠다는 의미를 내포하고 있으므로.

"섭표가 도망친 두 꼬마를 추적하고 있소. 잡배들이 실패했을 경우를 대비해 심어놓았지. 남은 분들은 저와 함께 시신을 수습하고 비전의 잔해를 찾아봅시다."

말이 끝나자마자 사방 곳곳에서 수십 줄기의 인영이 솟구쳤다. 잠시 허공을 올려다보던 거한은 이윽고 령을 향해 시선을 내리깔았다. 죽창을 쥔 손을 바들바들 떠는 령을 향해 거한은 담담히 말했다.

"미안하게 됐소. 편히 보내드리지."

거한이 령을 향해 느릿한 걸음으로 다가들었다.

령은 이를 악물어 공포를 누르며 죽창을 쳐들었다.

한 점의 승산조차 없다는 것쯤은 잘 알고 있었다. 죽창을 내지르면 그 즉시 죽게 된다는 걸 잘 알고 있었다. 눈앞이 흐릿해졌다. 가족들의 얼굴이 전혀 떠오르지 않았다. 추억이 무너지고 마음이 깨졌다.

거한의 손아귀에 죽창의 끝이 맥없이 잡혔다. 곧이어 다른 한 손이 령의 목덜미를 움켜잡았다. 팔이 서서히 올라가면서 령의 몸뚱이도 올라가 허공에서 대롱대롱 흔들렸다.

"…내 것이다."

숨이 막혀 정신이 혼미해지는 와중에도 령이 두 눈을 까뒤집은 채 웅얼거리고 있었다.

"내 목숨은… 나의 것……. 너 따위 벌레에게… 줄 것… 같더냐……."

령의 입안에서 피거품이 왈칵 끓어올랐다.

스스로 혓바닥을 깨문 그녀의 두 눈이 빠른 속도로 빛을 잃고 꺼져들었다.

거한은 령의 시신을 바닥에 가만히 내려놓고 뒷문을 향해 돌아섰다. 아직도 밤은 길었다.

대로의 끝으로 서문이 보이기 시작했다.

채와 혁을 태운 말은 한시도 멈추지 않고 바람을 가르고 있었다. 달리는 내내 채는 단 한 번도 뒤를 돌아보지 않았다. 찰나의 미련으로 작은언니의 희생을 물거품으로 만들까 두려웠다.

"오는 것 같은데?"

서문 근방에 숨어 있던 사내가 중얼거렸다.

오가장의 사주를 받은 조무상과 구아호의 패거리들이었다. 천금의 재물에 혹해서 공손환 일가의 학살에 동참한 잡배들이었다. 다섯 명의 무뢰배는 죽창을 들고 서문 앞을 에워쌌다. 비죽한 창끝이 달려오는 채 하나만을 노리고 바싹 모였다.

채는 말고삐를 더욱 세게 붙들었다. 출구는 하나고 나가지 못하면 죽는다. 겁이 났지만 이제 와서 멈출 수는 없었다. 채와 무뢰배들의 간격은 눈 깜짝할 사이에 지척까지 좁혀지고 있었다.

푸욱! 푹! 푹!

채는 하마터면 정신을 놓아버리고 낙마할 뻔했다.

무뢰배들이 측면에서부터 길게 내지른 죽창이 그녀의 옆구리와 복부 속으로 연달아 처박힌 참이었다. 그녀는 의식을 잃지 않기 위해 입술을 씹어 터뜨리고 더욱 거칠게 말고삐를 잡아 당겼다.

"히이이익!"

"말을 조져, 바보 자식들아!"

무뢰배들이 당혹하여 뒤로 몸을 뺀 틈을 타 채는 가까스로 서문을 통과했다.

암흑으로 둘러싸인 드넓은 평원이 펼쳐졌다. 채는 평원의 중앙으로 지면을 박차고 달렸다. 말이 뛰어오를 때마다 몸에 꽂혀 있는 죽창이 흔들리며 까무러칠 정도로 격통이 일었다. 하지만 죽창을 뽑고 지혈할 여유 따위는 결코 없었다.

하늘을 장악하고 있던 구름이 서서히 걷혔다. 달빛이 드러나면서 시야가 트였다. 평원의 끝자락을 바라보는 채의 가슴속에서 자그마한 희망이 피어오르려 하고 있었다.

그러나 그 희망은 빛과 같은 속도로 홀연히 사라졌다.

푸욱! 푹! 푹!

"흐읍!"

소리 없이 날아온 서너 가닥의 비수가 채의 등짝 곳곳으로 박혀들었다. 채는 목젖을 치고 올라오는 비명을 되삼켰다. 일단 비명을 한 번 지르고 나면 여태껏 참아내고 있던 전신의 고통이 한꺼번에 되살아날 것만 같아서.

푸욱!

이번엔 말이 뒷다리를 허공으로 번쩍 들었다.

어둠을 가르고 날아든 수십 개의 비수가 말의 몸뚱이에 꽂혀들고 있었다. 그중 두어 개의 비수가 채의 팔뚝과 종아리에도 여지없이 쑤셔 박혔다.

철퍼덕!

채는 발광하는 말 위에서 더 견디지 못하고 땅 위로 곤두박질쳤다. 흙바닥을 짚은 손끝이 사시나무처럼 떨렸다. 일어서려 했지만 죽창과 비수가 처박힌 온몸이 말을 듣지 않았다.

바로 그 순간.

채의 눈에 비로소 보이는 것이 있었다.

"혀… 혁아?!"

부서져라 끌어안고 있던 혁은 싸늘히 식어 있었다. 머리에는 비수가, 등짝에는 죽창이 꽂혀 있었다.

"끄으으윽!"

채가 새파랗게 질려 혁의 몸에 꽂힌 죽창을 뽑아냈다. 그런데, 어디선가 날아든 비수가 죽창이 뽑힌 혁의 등짝에 또다시 꽂혀들었다. 채는 하늘이 쩌렁쩌렁 울리도록 절규하며 다시 혁의 몸에서 비수를 뽑아냈다. 그러나 비수는 계속해서 날아들고 있었다. 뽑아내는 채의 팔에도 고슴도치처럼 수두룩하게 박혀 들었다.

"아흐흑……!"

더는 고통을 삭일 수가 없었다. 혁의 시신을 끌어안고서 채는 바닥을 데굴데굴 굴렀다. 작은언니와의 약속을 지키지 못하게 됐다. 두 줄기 눈물이 흘러내리기 시작했다.

사내 하나가 채의 곁으로 다가와 섰다.

마른 체구를 흑의로 감싼 젊은 사내.

천화지 대륙에서 손꼽히는 경공으로 이름난 섭표였다.

채는 바닥을 구르던 몸을 가누고 숨을 헐떡였다. 그러고는 온전한 왼팔을 내려 허벅지에 박힌 비수들을 뽑아내기 시작했다. 하나를 뽑아 바닥에 버리고, 또 하나를 뽑아 바닥에 버리고, 다시 셋, 넷, 다섯…… 섭표는 굳은 안색으로 비수를 뽑는 채를 지켜보고 있었다.

어느 순간 채는 비수를 뽑아내길 그만두었다. 그리고 일어섰다. 줄곧 닫혀 있던 채의 젖은 입술이 느릿하게 벌어지고 있었다.

"살려주세요."

"……"

"살려만 주면… 당신에겐 절대로 복수하지 않겠습니다……."

섭표는 내심 기가 막혔다. 살려만 주면 복수하지 않겠다니. 지금 이 자리에서 죽이면 복수하겠다는 건가? 귀신이라도 되어서 찾아오겠다고?

"지금의 네가 그런 말을 할 자격이 된다고 보느냐?"

섭표가 그렇게 물었지만 채는 대답하지 못했다.

출혈이 심해 자꾸만 졸음이 왔다.

한쪽 다리가 풀썩 꺾였다. 뒤이어 머리가 땅에 떨어지기 직전 한 가닥 남았던 의식마저 끊어지고 말았다.

"으흐흑!"

연호제가 두 눈을 번쩍 떴다.

튕기듯이 일어나니 마왕성으로 들어서는 붉은 철문 앞의 공간이었다. 연호제는 오한을 느끼고 두 손으로 양 팔뚝을 감쌌다. 온몸이 죽창과 비수에 꽂혔던 그날 밤처럼 심하게 욱신거렸다.

기로에 선 자신을 설득하려 가족들이 나타난 것일까. 여기서 바보처럼 멈추지 말아달라는 작은언니의 부탁일까. 아니면 가문의 비전과 자존심을 위한 아버지의 당부일까. 그것도 아니라면 혁이가? 어쩌면 큰언니?

"이런 짓하지 않아도 저는 어차피 멈출 수 없어요."

연호제가 몸을 바들바들 떨면서도 중얼거렸다.

지금으로부터 약 10시간 전 그녀는 자신의 마왕성을 Lv.5로 개발한 참이었다. 개발한 직후 지금까지와는 다른 이변이 그녀 앞에 나타났고, 이제 그녀는 이변이 내놓은 두 갈래의 기로에 서서 선택을 해야 할 상황에 놓여 있었다.

계속 가야만 할 것인가.

아니면 멈추고 이쯤에서 휴식을 취할 것인가.

아직 결정을 내리기까지는 14시간의 여유가 남아 있었지만, 연호제는 일찌감치 마음을 정하고 있었다. 어차피 지금껏 겪어온 것보다 더 심한 지옥은 없다고 생각했다.

그녀는 악몽으로 인한 오한이 멎기를 기다렸다가, 자리를 털고 일어섰다. 그리고 눈앞의 붉은 철문을 가볍게 두드렸다.

―결정하셨습니까.

모르는 존재의 목소리가 들려왔다.

철문을 가만히 바라보며 연호제가 고개를 끄덕였다.

"계속 갈 거야."

―들어오십시오.

연호제가 손을 내밀어 붉은 철문을 가볍게 밀었다.

문이 활짝 열리면서 이제까지와는 다른 면모의 마왕성이 그녀의 눈앞에 펼쳐지고 있었다.

제8장
선택의 장

이계
마왕성

"사, 사장님……. 아니, 할아버지는 대체 누구시죠?"

진열대를 사이에 두고 금은방 노인과 마주선 채빈은 사시나무처럼 온몸을 바들바들 떨고 있었다.

여긴 마왕성이 품고 있는 이계의 던전 따위가 아니었다. 자신이 태어나 지금까지 살아온 현실, 그것도 여태까지 금덩이를 팔아왔던 사거리의 허름한 금은방인 것이다.

그런데 이런 곳에서 마왕성에 대한 이야기를 듣게 될 줄이야, 그것도 지금까지 줄곧 금을 거래해 왔던 금은방의 과묵한 노인을 통해서. 채빈은 꿈과 현실의 경계에서 헤매고 있었다.

"다시 묻겠네. 자네, 이제 마왕성에는 안 가나?"

현실이라는 것을 상기시키듯 노인이 재차 물었다. 채빈은 중심을 잡지 못하고 기어이 소파 위로 털썩 주저앉았다.

노인의 질문이 계속되었다.

"원하는 것을 얻었나? 지금 그 상태로 만족하나? 더 많은 던전을 공략하기 위해 목숨을 걸어야 할 명분이 없나?"

"자, 잠시만요……. 저는……!"

어디서부터 어디까지 이해하고 어떤 의미로 받아들여야 할까. 채빈은 노인의 말을 알아듣지 못하는 바는 아니었으나 그 저의를 파악할 도리가 없었다.

"따지자면 마왕성이 자네를 선택한 것은 아니지. 자네가 마왕성을 선택했지. 나는 수두룩한 단점들로 얼룩진 자네에게서 옥석처럼 빛나는 장점을 보았네. 그래서 자네를 줄곧 지켜보고 있었지."

알아들을 수 없는 말의 연속.

채빈은 차마 되묻지도 못하고 입을 반쯤 벌리고만 있었다. 노인이 판매대 위로 몸을 바싹 기울이더니 안경을 벗으며 말을 이었다.

"그렇다면 최선을 다해야지. 기왕 마왕성을 손에 넣었으면 끝장을 봐야지."

"무슨 말씀인지 도저히……."

"정녕 자네에게는 아무 것도 없는가?"

노인의 얼굴에서 몹시도 답답한 기색이 일었다. 그 기색이 순간 인간적으로 느껴진 나머지, 채빈은 비로소 되물어 볼 용기가 생겼다.

"제가 이해할 수 있도록 모든 것을 말씀해 주세요. 사장님, 아니, 어르신… 아니, 여하튼 사장님은 마왕성에 대해서 알고 계시는 건가요? 제가 모르는 다른 무언가가 있다면 전부 말씀해 주세요."

노인은 쉽사리 입을 떼지 않았다. 물끄러미 대답을 기다리는 사이 채빈은 불현듯 느꼈다. 정적 속에서 그토록 시끄럽게 울려대던 초침 소리가 전혀 들리지 않고 있었다.

"개발하게."

"네?"

채빈이 얼빠진 표정으로 얼굴을 들었다.

노인이 강조하듯 입술을 또렷하게 움직이며 재차 말했다.

"마왕성을 Lv.5로 개발하게."

"개발하면 어떻게… 뭔가가 나오나요?"

"직접 해보면 알 걸세. 이만 돌아가게."

노인이 채빈을 등지고 돌아섰다. 옷걸이에 걸어두었던 웃옷을 걸치는 그를 보며 채빈은 속이 타서 발을 동동 굴렀다. 지금 이 순간이 지나가면 무엇인가 중요한 진실을 영원히 놓

선택의 장 271

치게 될 것 같아서였다.

"그러지 말고 말씀해주세요. 사장님, 제가 여태까지 여기 드나들면서 실수한 거 없죠? 왜 사람 불안하고 궁금하게 만들어놓고 아무 말씀도 안하십니까? 네?"

"이만 돌아가라는 말 못 들었나. 이만 퇴근해야 해."

채빈이 두 손바닥으로 판매대 위를 내리쳤다.

"퇴근은 무슨 퇴근이에요, 지금! 아, 죄송해요. 제가 지금 무례했습니다! 저도 모르게 흥분을 해서, 아냐, 죄송해요! 아니 그러니까 제발 좀 가르쳐 주세요, 네? 어떻게 마왕성에 대해 알고 계시는 건데요?"

노인의 얼굴이 꾸깃꾸깃 실룩이고 있었다. 그는 반쯤 걸치고 있던 웃옷을 마저 입으며 짤막하게 대꾸했다.

"마왕성을 Lv.5로 개발해봐."

"사장님!"

"어이구, 귀야. 성가셔서 죽겠구먼."

노인이 중얼거리며 판매대를 빙 돌아 채빈 앞으로 나섰다.

왜소한 체구의 노인은 맥 빠진 두 눈으로 채빈을 올려다보며 한 손으로 자기 주머니를 뒤적이고 있었다. 이윽고 주머니에서 나온 그 손 안에는 500원 짜리 동전 4개가 쥐어져 있었다.

노인이 도합 2,000원을 채빈에게 내밀며 말했다.

"가서 담배 한 갑 사오게."

"사장님?"

"마음 바뀌기 전에 빨리 다녀와."

채빈은 정신이 번쩍 들었다. 바로 감이 왔다. 이것은 노인이 주는 퀘스트가 분명했다. 이 퀘스트를 완료하고 나면 노인이 알고 있는 마왕성의 비밀에 대해서 들을 수 있게 되리라!

"뭐, 뭘로 사올까요?"

"디스. 얼른 받아."

채빈이 두 손을 내밀며 손사래를 쳤다.

"저 돈 있습니다. 제 돈으로 사올게요."

"잔말 말고 어서 받아!"

노인이 소리를 꽥 질렀다. 채빈은 기세에 눌린 데다 가능하면 노인의 심기를 거스르고 싶지 않은 마음에 조심스레 500원 동전 4개를 받아 주머니에 넣었다.

"그, 금방 날듯이 다녀오겠습니다."

"그러셔."

"설마, 그사이에 어디 가시지 않겠죠?"

문을 나서기 직전 채빈이 슬그머니 돌아서서 물었다. 노인이 코를 울리며 온갖 보석이 담겨 있는 진열대를 콩콩 두드렸다.

"내가 없으면 여기 있는 거 모조리 자네가 갖게."

선택의 장

"하하하……."

"그만 실실거리고 얼른 담배나 사와. 1분 내로 안 오면 내 마음이 바뀔 테니까."

"다, 다녀올게요!"

덜컹!

채빈이 문을 부서져라 열고 금은방을 뛰쳐나갔다. 머리로는 가장 가까운 편의점의 위치를 쫓고 있었다. 자기도 모르게 내공까지 실어 지면을 박차고 달린 채빈은 순식간에 가장 가까운 편의점에 도착했다.

"디스 주세요!"

카운터로 다가서기도 전에 소리치면서 채빈은 주머니에 손을 넣었다.

여자 아르바이트생이 겁에 질린 얼굴로 담배의 바코드를 찍어 건넸다. 채빈도 주머니에서 노인으로부터 받은 동전 4개를 꺼내 계산대에 올려놓았다.

"수고하세요!"

"저, 저기 손님! 잠시만요!"

씨발, 바빠 죽겠는데 왜 부르고 난리지?

채빈이 몹시도 성이 난 얼굴로 돌아보았다.

아르바이트생은 공포에 질려 몸을 무너뜨린 채 채빈이 내놓은 계산대 위의 동전을 겨우 가리키고 있었다.

"이, 이거 돈이 이상한데요."

"아니, 이상하긴 뭐가 이상합……!"

동전이 두 눈에 들어온 순간 채빈은 할 말을 잊었다.

계산대 위에 놓여 있는 동전은 500원짜리가 아니었던 것이다.

"마, 말도 안 돼!"

채빈은 숨이 넘어갈 듯한 얼굴로 다가가 4개의 동전을 집었다. 그것은 다름 아닌, 마왕성의 던전에서나 나와야 어울릴 테스타코인이었다.

"분명히 500원짜리였는데!"

"저기, 손님……?"

채빈은 지갑에서 5,000원 지폐를 꺼내 던지듯이 내려놓고 편의점을 뛰쳐나왔다. 이건 말도 안 되는 거짓말이다. 멀쩡했던 500원 짜리가 어떻게 주머니 속에서 테스타코인으로 뒤바뀔 수가 있단 말인가.

그러나 고작 동전이 바뀐 정도는 놀라울 일도 아니라는 걸 채빈은 금세 깨달아야 했다. 허름한 골목으로 날듯이 들어선 순간 채빈은 석상처럼 그 자리에 굳어버리고 말았다.

"맙소사……!"

금은방이 사라지고 없었다. 골목 한 귀퉁이에 초라하게 서 있던 입간판도 홀연히 사라진 상태였다.

채빈은 뛰는 심장을 부둥켜안고 골목 안으로 걸음을 내딛었다. 본래 금은방이 있었던 작은 상점은 비어 있었다. 오래전 처음 이 금은방에 왔을 때 했던 것처럼, 채빈은 한껏 발돋움을 해서 창을 통해 안을 살폈다. 가구 하나 없이 휑한 상점 내부에는 거미줄과 먼지만 그득히 깔려 있었다.

"이건 구라야. 내가 요즘 피곤해서그래."

채빈은 스스로를 향해 중얼거리며 몇 번이나 눈을 비볐다. 그러나 눈만 아플 뿐 달리 보이는 건 없었다.

'경황이 없어 골목길을 잘못 들어섰는지도 몰라!'

그러나 이 생각 역시 틀렸다.

근처에 금은방이 있어야 할 골목은 달리 없었다.

채빈은 몇 바퀴나 그 주변을 빙빙 돌며 헉헉거린 끝에 다시 원점으로 돌아와 텅 빈 상점에 등을 기대고 섰다.

마침 골목을 통해 지나가는 남자가 있었다. 코앞을 지나치려는 남자를 가로막고 채빈이 물었다.

"저기, 죄송한데 말씀 좀 여쭤볼게요. 여기 있던 금은방 못 보셨나요?"

"금은방이요?"

"네, 바로 여기 상점이요. 머리 하얗게 센 할아버지가 운영하시던 금은방인데요. 시계도 수리하고 그랬는데요. 여기 이쪽에, 입간판도 놓여 있었고요."

남자가 별 미친놈을 다 보겠다는 듯한 눈초리로 채빈을 훑어보더니 대답했다.
"금은방은 한 번도 못 봤는데요."
"네에?!"
"제가 이 길로 출퇴근한 지 벌써 10년이거든요? 이 점포가 뭔가 장사를 했던 적은 한 번도 없었습니다. 됐나요?"
"그럴 리가요! 분명히 조금 전… 아니, 아니, 백 번 양보해서 어제까지도 여기에 금은방이 있었을 텐데요!"
"무슨 말을 하는지 모르겠네. 저는 이만."
남자가 혀를 끌끌 차며 그곳을 떴다.
채빈은 망연자실하게 그곳에 선 채로 몇 명인가의 행인을 붙잡고 같은 것을 물었다. 하나같이 앞서 남자가 했던 것과 똑같은 대답을 했다. 애당초 이 골목 안에 금은방이 존재했던 적은 단 하루도 없었다는 것이다.
털썩!
채빈은 골목에 노숙자처럼 주저앉아 고개를 떨어뜨렸다. 손 안에는 여전히 노인이 남기고 간 테스타코인이 쥐어져 있었다. 가만히 코인을 내려다보고 있노라니 노인의 말 한마디가 주마등처럼 뇌리를 스쳐갔다.
―마왕성을 Lv.5로 개발하게.
그렇다면 이 코인은 마왕성 개발에 보태라는 의미인가.

고맙다는 생각은 전혀 들지 않았다. 채빈은 기도 안 찬다는 표정으로 웃다가 이내 이를 악물고 콧잔등을 찌그러뜨렸다. 노인으로부터 받은 담배 심부름 퀘스트는 완벽하게 실패한 셈이었다.

"개발해야죠."
채빈의 이야기를 다 듣고 난 운디네는 고민의 여지도 없이 즉각 손가락을 튕기며 결론을 내렸다.
"이계가 아니라 주인님의 세계라고요. 주인님의 세계에서 마왕성의 존재를 확실히 인지하고 있는 자가 나타난 거예요. 이건 조금 심각하게 원인을 고려해 봐야 할 문제라고 생각해요."
"으음……."
"무엇보다 그 요구란 게 특별한 것도 아니잖아요. 그저 마왕성을 개발하라는 말인데 딱히 듣지 못할 이유가 있을까요? 지금까지 줄곧 해왔던 일인데. 잠시 미뤄뒀던 개발을 재개하는 것뿐인데. 프라이어, 넌 뭐해? 멀거니 앉아 있지만 말고 네 생각을 말해봐."
"이견은 없다. 형님, 저도 운디네와 같은 생각입니다. 지금은 마왕성을 Lv.5로 개발해 보는 것 외에는 달리 뾰족한 수가 없을 듯하군요."

"그렇단 말이지."

채빈이 납득하듯 고개를 끄덕였다. 애당초 채빈의 생각도 당장 개발하는 쪽으로 기울어 있었다. 그럼에도 불구하고 뭔가가 마음에 걸려 전전긍긍하던 차였는데, 두 정령마저 의견의 일치를 보이니 결정할 용기가 샘솟았다.

"근데 잠깐만, 던전을 공략해야 하나?"

"무슨 말씀이세요. 속성학습실을 개발하면서 개발항목에 마왕성이 추가됐어요."

"완전히 돌 됐네. 현실에 집중하면서 감을 완전히 잃었어."

"너무 자책하진 말아요. 언제나 곁에서 주인님을 보필하는 제가 있잖아요, 우훗."

"껴안지 마, 더워."

채빈은 두 정령을 대동하고 지하를 통해 마왕성으로 진입했다. 우선 가장 먼저 해야 할 일은 동상을 조작해 개발항목을 확인하는 것이었다.

2. 개발가능 목록
A. 마왕성(Lu.4 Lu.5)
—설명:마왕성이 Lu.5의 젤마 성으로 개발된다.
—소요시간:기분

─요구조건:1,83ᄆ코인

'젤마 성이라……'
어쩐지 성의 이름이 채빈의 눈에 익었다. 곰곰이 생각하던 채빈은 발치에 쌓인 수많은 코인들 중 젤마코인을 뇌리에 떠올렸다.
이제 정말 뭔가 일어나려고 하는 것일까. 마왕성이 Lv.5가 되면 대체 뭐가 어떻게 되는 걸까. 상황이 상황인지라 마왕성의 새로운 명칭에도 신경이 쓰이는 채빈이었다.
"음, 비축한 코인이 얼마나 되지. 프라이어, 좀 세어봐 줘."
"네, 형님."
홀리 이미지로 수를 늘린 프라이어가 산처럼 쌓인 코인더미로 바싹 다가가 셈을 시작했다. 프라이어는 머릿수가 많은 데다 계산도 빨라 셈은 금세 끝났다.
"2,351코인입니다. 마왕성을 개발할 비용은 충분합니다."
"그럼 이것까지 합쳐서 3,151코인이군."
채빈이 금은방의 노인으로부터 받은 테스타코인 4개를 코인더미로 던지며 중얼거렸다. 프라이어는 눈치 좋게 채빈이 시키기에 앞서 동상의 투입구에 코인을 넣기 시작했다.
코인이 다 들어갔다. 채빈은 말풍선으로 손을 뻗어 개발을 활성화시켰다. 화면이 갱신되면서 오래됐지만 익숙한 풍경이 눈앞으로 떠올랐다.

1. 개발 진행 중
A. 마왕성(Lu.4 Lu.5)
—완료까지 남은시간:71분
—개발 진행 중에는 다른 작업을 할 수 없습니다. 개발을 취소하시려면 접촉하십시오.
—생명체가 존재하면 개발이 완료되지 않으니 완료시점에는 마왕성을 비워주십시오.

"처음에는 말이야. 이 화면을 보면서 그저 게임 같다고만 생각했었는데······."

목록을 바라보며 채빈은 한숨 섞인 어조로 말을 늘어놓고 있었다.

"마왕성에 대해서 아직도 모르는 게 너무 많아. 줄곧 생각해왔던 거지만, 그저 내 편의를 위해 만만하게 이용할 장치는 아닌 것 같아. 금은방 노인의 일도 그렇고 또······."

동물원에서 조우했던 정체불명의 여자를 떠올리며 채빈은 말끝을 흐렸다. 어그러진 생각의 파편들이 머릿속에서 휘몰아치고 있었다. 어느 것 하나 맞아 떨어지는 것이 없어서 채빈은 그저 혼란스럽기만 했다. 두 정령은 두서없는 채빈의 말에 장단을 맞추지 못하고 입을 다물고 있었다.

마왕성 개발에 필요한 71분 동안 채빈은 방으로 돌아와 인터넷 서핑을 하며 시간을 보냈다. 기분이 뒤숭숭한 탓에 무엇을 봐도 웃음이 나오질 않았다. 71분의 시간이 71일처럼 길게만 느껴졌다.

"형님, 시간 다 됐습니다."

"그래, 슬슬 가볼까."

채빈이 컴퓨터 전원을 끄고 일어섰다.

지하로 내려가는 층계를 밟는데 심장이 두근두근 울렸다. 마왕성에 입장하기 직전 이렇게까지 긴장된 적은 한 번도 없었다.

슈우우욱!

빛이 채빈을 빨아들였다.

붉은 철문을 앞에 둔 작은 공간에 채빈은 서 있었다. 이 철문을 밀고 들어서면 마왕성이 나타난다. 언제나처럼 채빈은 손을 뻗어 철문을 밀었다.

"어라?"

채빈이 고개를 갸웃거리며 좀 더 팔에 힘을 주어 밀었다. 하지만 어찌된 영문인지 철문은 꼼짝도 하지 않는 것이었다.

처음 겪는 상황에 곤혹스러워하며 등 뒤의 정령들을 돌아보는 찰나, 특정한 방향이 아닌 모든 곳에서부터 목소리가 들려왔다.

―어서 오십시오.

채빈이 몸을 흠칫했다.

주파수를 잘못 맞춘 라디오에서 흘러나오는 듯한 잡음이 잔뜩 낀 여성의 목소리였다. 목소리의 높이는 극히 낮았고 감정은 일절 느껴지지 않았다.

정체불명의 목소리가 계속되었다.

―호칭이 없는 당신에게 Lv.5의 마왕성을 전면에 두고서 묻습니다. 당신은 이제부터 둘 중 하나의 길을 선택해야만 합니다.

"선택……?"

―계속 나아가겠습니까? 혹은 여기서 그만두겠습니까?

채빈은 숨을 쉬는 일마저 잊고 완전히 침묵했다.

목소리가 말하는 바를 쉽게 알아차릴 수 있었다. 마왕성을 두고 하는 질문인 게 분명했다.

채빈은 목소리를 가다듬고 물었다.

"당신이 누구인지 물어보면 대답해 주지 않겠죠?"

―저의 대화 영역은 당신의 선택과 관련된 부분에 한해서입니다. 그 외의 질문은 받을 수 없습니다.

"알겠어요. 그럼 다른 질문을 할게요. 지금 당신의 질문은 마왕성을 계속 다루느냐, 아니면 포기하느냐 둘 중에 하나를 선택하라는 뜻이죠?"

―그렇습니다. 24시간 안에 선택해야 합니다.

"24시간?"

―24시간 내에 결정하지 못하면 마왕성은 봉인되고 다른 특정 지역으로 이동됩니다. 즉, 포기할 생각이면 지금 이대로 돌아나가서 24시간 동안 마왕성에 돌아오지 마십시오.

"으음……!"

채빈이 손톱을 깨물고 신음했다. 등 뒤의 두 정령도 겁에 질린 기색으로 추이를 지켜보고 있었다.

"더 해줄 말은 없나요? 그러니까… 어느 쪽이든 선택을 하면 무슨 영향이 있는지, 저에게 무슨 일이 벌어지는지 그런 것들이요."

―이대로 포기하면 호칭이 없는 당신과 마왕성의 인연은 끝입니다. 더불어 호칭이 없는 당신은 마왕성을 통해 얻은 모든 능력을 잃게 됩니다.

"모든 능력을… 잃어?"

채빈이 소스라치게 놀라 목소리가 한 말을 되풀이했다.

마왕성을 통해 얻은 모든 능력을 잃는다는 건 엄청난 불행이었다.

소스를 만들어서 팔 수도 없게 되고, 힘만 믿고 사람들을 괴롭히는 워너머니의 쓰레기들을 혼내줄 수도 없게 되고, 속성학습실의 놀라운 기능을 이용할 수도 없게 되고, 그러니 결과적으로 가난한 살림에 힘도 없고 두뇌마저 평범한 옛날의 자신으로 돌아가게 된다는 얘기였다.

"주인님, 어떡해요……."

운디네가 채빈의 어깨에 얼굴을 묻으며 울음 섞인 목소리로 말했다. 채빈은 머릿속이 새하얘졌다.

마왕성을 통해 얻은 모든 능력을 잃게 된다면 이 두 정령과도 헤어져야만 할 것이다. 자신과 이 두 정령은 단순한 주종관계가 아니었다. 마음을 터놓고 고난을 함께 넘긴 소중한 벗이었다.

거기까지 생각하고 나니 절대로 마왕성을 포기할 수가 없었다.

여자의 목소리가 이어졌다.

―포기하지 않고 계속 나아가는 길을 선택한다면 호칭이 없는 당신에게 특정한 호칭이 주어집니다.

"호칭?"

―하지만 명심하십시오. 두 번 다시 돌이킬 수 없습니다. 일단 선택한다면 당신은 끝까지 나아가야 합니다.

두 번 다시 돌이킬 수 없다는 말에 채빈은 으스스함을 느끼며 나직하게 되물었다.

"그게 무슨 의미인지 좀 자세하게 설명해 줄 수 있어요? 돌이킬 수 없다는 게 무슨 뜻이에요?"

―호칭이 없는 당신에게 현재 드릴 수 있는 말씀은 여기까지입니다. 24시간 안에 선택하십시오. 계속 나아갈 생각이라면 철문을 두드리십시오. 현명한 선택을 기다립니다.

거기까지 말하고 난 목소리가 일시에 전원이 나간 것처럼 툭 끊겼다. 식은땀을 줄줄 흘리며 쪼그려 앉은 채빈에게 프라이어가 넌지시 말했다.

"이미 시간이 흐르고 있습니다, 형님."

"그래……. 나도 알아."

"일단 집으로 돌아가셔서 생각하시죠. 이곳은 오히려 형님이 고민하시기에 해만 될 것 같습니다."

채빈은 프라이어의 부축에 이끌려 집으로 돌아왔다. 꿈을 꾸고 있는 것처럼 정신이 멍하기만 했다. 채빈을 잠시 쉬도록 놔두고 두 정령은 머리를 맞댄 채 논의했다.

"호칭이 주어진다는 것이 무슨 의미일까?"

"족쇄 같은 것일지도 몰라."

"족쇄라니?"

"형님을 어딘가에 묶어놓는다거나 하는 봉인 말이지. 두 번 다시 돌이킬 수 없다는 말도 부정적이잖아."

"그래, 좋은 느낌은 들지 않았어. 자유롭게 마왕성을 이용했던 지금까지와는 다를 것 같아."

"어느 쪽도 선택하기가 쉽지 않은데, 큰일이군."

"어떡해? 우리는 어떡하고 주인님은 어떡해?"

운디네가 울상을 지으며 되물었다. 프라이어는 딱히 대답할 거리를 찾지 못하고 표면의 빛을 깜박일 뿐이었다. 채빈은 그들의 대화를 한 귀로 흘리며 금은방의 노인을 떠올리고 있었다.

'빌어먹을 노인네! 어째서 마왕성을 개발시키라고 한 거야!'

억지가 심한 원망이라는 건 하고 있는 스스로도 알고 있었다. 언젠가는 노인의 말 때문이 아니더라도 마왕성을 Lv.5로 개발했을 테니까. 다만 그 시기가 조금 빨리 다가왔을 뿐이다.

드르르륵! 드르르륵!

핸드폰이 울렸다. 블루북스 임 대리로부터의 전화였다. 채빈은 핸드폰의 전원을 끄고 이불 속으로 파묻었다.

"포기하시지요, 형님."

얼마나 시간이 흘렀을까.

내내 잠자코 있던 프라이어가 넌지시 말을 꺼냈다.

"이건 도박이 아니니까요. 형님의 존재 자체가 걸린 일일 수도 있습니다."

"프라이어, 너……!"

운디네는 분하다는 얼굴로 따질 듯이 프라이어를 노려보다가 끝내 아무 말도 못하고 고개를 숙였다. 그녀 역시 채빈이 위험을 감수하느니 마왕성을 깨끗이 포기하고 본래의 삶으로 돌아가는 편이 낫다고 판단한 것이었다.

모든 기억은 소중한 추억으로 남기고서.

"마왕성을 포기하더라도 지금까지 벌어들인 돈은 형님의 계좌에 그대로 남아 있을 겁니다. 형님은 성실하시고 마음도 올곧으시니 그 돈을 발판 삼아 행복한 삶을 살아가실 수 있을 겁니다. 마왕성은 잊으십시오."

채빈은 천장을 응시한 채 말이 없었다. 프라이어가 그 위로 몸을 날려 빛을 깜박이며 말을 이었다.

"이제 22시간 정도의 시간이 남았습니다. 그리고 저는 여전히 형님의 충실한 부하입니다. 명령만 내리십시오. 남은 22시간 동안이라도 몸을 날려 형님의 앞날을 위한 돈을 벌어 오겠습니다."

"그러지 마."

채빈이 한 팔을 들어 두 눈가에 손등을 얹었다. 이윽고 그 틈새를 타고 눈물이 새어나왔다. 관자놀이를 타고 흘러내린 눈물이 베개를 촉촉하게 적시고 있었다.

운디네도 곁으로 다가와 훌쩍이며 말했다.

"그래요, 주인님. 명령만 내리시면 저도 지금부터 22시간

동안 논스톱으로 방송할게요. 아무리 생각해도 제가 마지막으로 주인님께 해드릴 수 있는 건 이것밖에 없는 것 같아요."

"아씨, 하지 말라고."

거세지는 눈물에 앞서 채빈이 모로 돌아누웠다. 눈물은 가려도 온몸으로 퍼지는 흐느낌은 참을 수가 없었다. 이 바보 천치 정령들…….

해준 게 뭐가 있다고 끝까지 이렇게 못난 나를 챙겨주는 건데?

실체를 알 수가 없어서 두려웠다. 아주 끔찍하기 짝이 없는 규칙이라도 좋으니 명확히 알려주면 이렇게 고민하지는 않았을 것이다.

그저 두 번 다시 돌이킬 수 없다고? 한 번 결정하면 끝까지 나아가야 한다고? 그런 애매한 말로 무엇을 어떻게 결정하란 말인가.

혼돈 속에서 시간은 새벽을 달리고 있었다.

이제 고민할 시간은 약 13시간이 남아 있었다. 채빈은 비스듬히 드러누운 채 2병째의 소주를 잔에 따르고 있었다. 시간이 다가올수록 초조함이 커져 술을 마시지 않고는 배길 재간이 없었던 것이다.

"결정했어."

2병의 소주를 모두 마시고 난 채빈이 중얼거리며 몸을 일으켰다. 대기하고 있던 두 정령도 불에 엉덩이를 덴 것처럼 동시에 튀어 올랐다.
 "계속 나아갈 거야."
 "혀, 형님? 괜찮으세요?"
 "난 이대로 마왕성에서 얻은 능력을 포기할 수 없어. 내 힘에 의지하고 있는 사람들도 여럿 있고, 특히 너희들과도 헤어지고 싶지 않고. 여기서 모든 걸 잃으면 난 다시 쓰레기가 돼. 아직은 제대로 준비가 안 됐단 말이야."
 "주인님……!"
 얼마간 술기운이 오른 채빈은 스스로를 비웃듯 말하고 있었다.
 "어차피 모 아니면 도 아니야? 마왕성이 없었으면 평생 찌질이 인생 못 벗어났을 팔자야. 마왕성이 있어서 여기까지라도 올 수 있었던 거야. 기왕 선택한 거 죽이 되든 쌀이 되든 끝까지 가보지 뭐. 씨발, 뭐 잘못되면 어쩔 거야? 죽기밖에 더 하겠어?"
 말을 마친 채빈이 돌려차기로 멀쩡한 벽을 걷어찼다. 운디네가 폴짝폴짝 뛰면서 박수를 쳤다.
 "어머, 주인님 멋있어."
 "입 닥쳐, 운디네! 혀, 형님. 그러지 마시고 아직 시간이 있으니 조금만 더 고민을……! 형님!"

"빨리 따라오기나 해."

채빈이 비틀비틀 슬리퍼를 꺾어 신고 집을 나섰다.

벽을 짚고 휘청거리며 계단을 밟아 내려가면서, 채빈은 술을 마시길 잘했다고 생각했다. 스스로도 호기를 부리고 있다는 걸 인지하고 있었다.

하지만 어쩌겠는가. 멀쩡한 정신을 유지하고 있었다면 24시간이 다 지나도록 아무런 결론을 내리지 못했을지도 모르는데.

채빈과 두 정령은 마왕성의 붉은 철문 앞으로 이동했다. 철문 앞에 서서 채빈은 잠시 마음을 다잡았다. 그리고 마왕성과 처음 만나게 된 이후로 있었던 일들을, 그 속에서 만나게 된 사람들의 얼굴을 차례차례 떠올렸다.

'좋아!'

기어코 결심이 섰다.

채빈은 조금 경직된 팔을 들어 붉은 철문의 표면을 두드렸다. 기다렸다는 듯이 잡음 섞인 정체불명의 목소리가 사방에서 들려왔다.

―결정하셨습니까.

"네, 포기 안 해요. 계속 마왕성을 사용할 겁니다."

―들어오십시오.

선택의 장 291

채빈이 붉은 철문을 밀었다. 지금까지 꿈쩍도 하지 않았던 철문이 거의 힘을 주지 않았는데도 가볍게 열리고 있었다. 서서히 넓어지는 채빈의 시야 가득히 지금까지는 볼 수 없었던 새로운 마왕성이 들어오기 시작했다.

『이계마왕성』 5권에 계속…

화보부록

이계
마왕성

FANTASY ORIENTAL STORY

북천 십이로

北天十二路

허담 新무협 판타지 소설

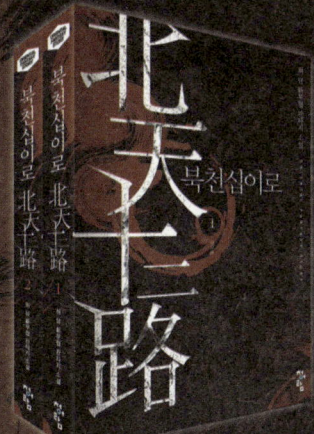

먼 시간을 돌아 인간 세상에서 사라졌던
두 개의 신경이 다시 사람의 손에 들어왔다.

신경의 정한 운명의 끈에 이끌려
두 남녀가 패자와 검노의 길을 걷는다.

북천십이로!

야망과 탐욕, 비정과 정염으로 가득 찬
두 남녀의 강호행이 지금 시작된다.

Book Publishing CHUNGEORAM

유행이 아닌 자유추구 -
WWW.chungeoram.com

CASTLE OF ANOTHER WORLD

강한이 장편 소설

이계 마왕성

FUSION FANTASTIC STORY

『이계만화점』의 작가 **강한이**가 돌아왔다.
그가 전하는 신개념 마왕성의 이야기!

가족을 잃고 더부살이로 받던 설움을 떠나
서울로 상경해 우연히 얻은 셋방
그곳 지하실에서 채빈의 불행한 인생이 뒤엎어진다!

이계마왕성!

그곳에서 배워라, 지혜가 되리라! 그곳에서 얻어라, 내 것이 되리라!
마왕이 아니다. 마왕성을 이용하는 현대인일 뿐.

마왕성의 사나이, 그가 이제 날아오른다!

Book Publishing CHUNGEORAM

유행이 아닌 자유추구
WWW.chungeoram.com

ORIENTAL FANTASTIC STORY

김대산 新무협 판타지 소설

心劍誌
심검지

꼬물거리는 새끼 용(龍) 한 마리!
작고 희미한 검 한 자루!
순박한 산골 소년의 마음속에 심어지고 만 그것들이
지금 조금씩 자라나고 있다!

김대산! 그의 아홉 번째 이야기!

"한 자루 마음의 검을 다듬어내니
천지간에 베지 못할 것이 없도다!"

Book Publishing CHUNGEORAM

유행이 아닌 자유추구 -
WWW.chungeoram.com